마음의 구석

서밤 · 블블 · 봄봄 지음

마음의 구석

소소하지만
시시하지 않은 이야기

문학동네

차례

1부

행복이 뭔지 모르고 싶어

꿈과 헤어지는 법

블블

"컷!"

제일 외쳐보고 싶었던 한마디였다. 상상 속 현장은 꼭 한 겨울이다. 이십여 년 만의 혹한이라는 예보가 추운 날씨를 더 춥게 만드는, 아주 매섭게 차가운 날. 오로지 보온에만 구매 목적을 둔 고가의 롱패딩에 목도리를 칭칭 감고서는 집요하게 모니터를 바라보는 내가 있다. 미간을 찌푸리다 점점 표정이 밝아지고, 그러다 외친다. "컷! 좋아요. 다음 신 갈게요!"

드라마 연출은 중학생 때부터 언제나 늘 제일 하고 싶었던 일이다. 노희경 작가의 드라마 〈그들이 사는 세상〉의 준

영같이 살고 싶었다. 못됐지만 예뻐서 도저히 미워할 수 없는 그런 마성의 매력을 지닌 드라마 감독으로 살고 싶었는데. 나는 그녀처럼 살 수는 없었다.

품었던 꿈을 포기할 때는 원래 꿈꾸던 것보다 더 즐거운 무언가를 찾아서―더 즐거운 새 꿈이 생겨서― 그렇다고들 하던데 난 영 그렇지가 않았다. 일단 당연한 얘기지만, 해본 적이 없어서 드라마 감독이라는 직업의 재미나 고충을 알 수조차 없었다. 비교할 경험이 없으니 '더' 즐거움을 느끼는 일이 무엇인지 알 수 없었다. 게다가 너무 많이 지쳐 있었다. 이력서에 쓸 스펙을 채우고 작문 시험을 위한 자료들을 수집하고, 면접 요령을 익히는 데 시간을 쓰는 생활은 만지면 바스락 부서질 것처럼 건조했다. 하고 싶은 일은 따로 있는데, 그 일을 하려면 하기 싫은 일들을 지금, 반복해서 열심히 해야 했다. 이렇게 시간을 써도 되는 걸까. 한 해 두 해가 지날 때까지는 언젠간 꿈을 이룰 수 있을 거라는 희망으로 그럭저럭 버틸 수 있었지만, 미래를 위해 현재를 묶어두어야 하는 시간은 점점 길어져만 갔다. 그렇게 내 이십대 후반을 모조리 쏟아부어야 하는 건 줄은 몰랐다.

어떤 지점이 지나면서부터는 하고 싶다는 마음보다 해

오던 일을 반복하는 관성에 의해 내 시간이 흘러가고 있었다. 일주일에 한두 번 스터디에 나가 작문 공부를 하고, 그 주의 콘텐츠들을 모니터링하며 개선안을 마련하는 것 외에 다른 일은 어떻게 하는지 잘 몰랐으니까. 하던 일을 계속하다보면 목적지에 다다를 줄 알았는데, 그게 아니었다.

무언가가 되기 위해 준비하는 시간의 의미를 더이상 찾을 수 없었다. 내게 불합격이란 세 글자는 '귀하의 뛰어난 능력에도 불구하고 우리 회사는 당신을 거절합니다'라는 말로써 세상으로부터 버림받는다는 의미에 가까웠다. 버려진 나는 정말 초라해 보였다. 초라한 나를 더이상 보고 싶지 않았다. 내가 거절당할 수도 있는 상황으로 더는 나를 몰아가고 싶지 않았다. 점점 드라마 피디는 되지 못할 수도 있겠구나, 그런 일이 내 삶에서 펼쳐지겠구나 하는 슬픈 예감이 짙게 들었다. 그즈음 나는 무언가가 되지 않아도 괜찮다고 말해주는 사람들을 만날 때마다 나도 모르게 눈물을 흘렸다. 결국 그동안 외면해왔던 사실을 직면해야만 했다.

이제는 우리가 헤어져야 할 시간.

드라마 피디가 되고 싶다는 생각만으로 달려왔는데, 그 외의 길 같은 건 준비할 생각도 못했는데, 이제 와서 피디가 되기를 포기하겠다고? 도망치는 것만 같았다. 힘들다고, 원하는 대로 되지 않는다고 도망치면 뭐가 달라지냐고. 어떻게든 버텨서 원하는 결과를 얻어야 되지 않겠느냐고 나를 다그치기만 했다. 그때 나는 드라마 피디가 되지 못하면 인생 망하는 줄로만 알았다. 인생 성공을 판단하는 기준이 그렇게 명확할 수가 없었다. 망하는 게 뭔지도 모르면서 망하면 안 된다고만 생각했다. 누구나 사랑하던 연인과 헤어지기 전에는 그렇게 생각한다. '이 사람과 헤어진다면 내 인생은 끝일 거야. 이 사람 없는 나는 그려지지도 않아.' 꼭 같았다. 꿈이 사라지면 나도 끝이라고 생각했다. 이별이란 연인 사이에서나 겪는 일인 줄 알았지, 내가 꿈꾸던 나 자신과 할 수도 있다는 사실을 몰랐다. 하지만 결국 받아들여야만 하는 순간이 온다. 이젠 정말 헤어질 때가 왔다는 것을. 애인 말고 내 꿈과 말이다. 오래 걸렸다. 우리의 이별을 받아들이기까지.

아직도 잘 모르겠다. 어떻게 하면 이루지 못한 꿈, 가보지 못한 길에 가진 미련을 떨칠 수 있는지. 죽을 때까지 미련을 못 버릴 것 같기도 하다. 그만큼 해보고 싶었던 일이었으니까. 그러나 지금의 나를 소중히 여기고 싶은 마음도 컸다. 꿈 때문에 내 생활이 아무렇게나 던져놓은 빨래더미같이 구겨져 있지는 않은지, 내 마음이 내팽개쳐져 있지는 않은지, 그럴 때 무엇 때문에 꿈을 붙잡고 있는지 생각해볼 만큼은 나는 내게 소중한 사람이었다. 그래서 나는 2018년기 파업을 끝내고 다시 돌아온 MBC 공채에 지원서를 내지 않기로 했다. 그렇게 꿈과 이별했다. 정말 뜨겁고도 지난한 사랑이었다. 많이 울었다. 이제 내가 드라마 피디가 되어 컷을 외치는 모습은 영원히 상상만으로 남게 된 것이다. 그렇게 만들고 싶었던 드라마 속 주인공들은 항상 포기하지 않는 사람들이었다. "포기하면 끝이야. 포기하지 마." 하지만 나는 포기했다. 그래서 끝이 났다. 나는 주준영처럼은 살 수가 없었다.

이제 가보지 않은, 한 번도 생각해보지 않았던 날들 속에서 두리번거리며 방황하는 내 모습을 본다. 무엇을 하고 싶은지, 무얼 할 수 있는지도 잘 모르겠는데 나이는 서른이었다. 어느덧 직장을 다니는 친구들은 심심찮게 대리가 되었고, 아이의 부모가 된 친구들도 있었다. 멋모르고 쓰기 시작한 극본이 공모전에 당선된다거나, 재밌는 일을 좇아 쓴 책이 하룻밤 사이에 베스트셀러가 되어 돈 걱정 없이 살 수 있다거나 하는 일 따위는 일어날 기미도 없이 하루하루 지나가고 있다. 생활은 꿈을 이루고 이루지 못하고와는 아무 상관없이 흘러간다. 일단 과외로 생활비를 벌었다. 입사지원서를 작성하고, 면접을 준비하는 대신 난생처음 직접 어묵볶음이나 오일파스타를 만들어 먹었다. 청소포로 방바닥을 밀며 미래에 대해 한없이 불안해하다가, 다시 과외 준비를 위해 수능 언어영역 문제집을 펼쳤다.

함께 언론고시 공부를 하던 친구의 결혼식에 갔다. 최근 친구는 지상파 방송국으로 이직을 했고 결혼식 장소는 프레스센터였다. 지인들은 전부 기자나 피디들이었다. 그들의 인사말은 요즘 무슨 프로를 하느냐였고, 나는 그저 내 앞에 놓인 뷔페 음식을 열심히 먹었다. 그리고 다음부터는 그냥 축의금만 보내야겠다고 생각했다. 괜찮지 않다. 여전히 방송국 공채가 뜨면 심란하고, 무엇이 되지 못한 나, 결국 포기하고 만 나를 질책하게 된다. 다시 어깨에 힘을 빼고 내가 참여하는 팟캐스트를 들어주는 분들을 생각한다. 가뭄에 콩 나듯 하지만 그래도 내 글에 위안을 받는다는 사람들을 애써 떠올린다. 있는 그대로의 나를 아껴주는 사람들을 생각한다. 아직은 이별한 지 얼마 되지 않아 이렇게 애써야만 견뎌진다.

포기한 게 자랑은 아니다. 나도 내 인생 아직도 잘 모르겠다. 하지만 사람들 모두가 꿈을 이루고 사는 것은 아니니까. 혹시 누군가 꿈과의 이별을 고민하고 있다면 나처럼 대책없이 도망친 사람이 있다는 사실에 위안을 얻었으면 좋겠다. 저렇게 되고 싶지는 않으니 포기하지 말아야지 마음먹게 하는 반면교사가 되어도 좋다. 누군가의 인생에 참고 사항이 된다면 그것으로 족하다. 꿈을 포기한 사람의 글은 어디에서도 볼 수가 없었으니까. 그래서 나의 이야기를 써보기로 했다. 드라마 피디라는 꿈과는 헤어졌지만, 나는 그럭저럭 생활하고 있다. 인생의 다음 문장이 꿈과의 이별 뒤에 쓰였다. 멈춰 있던 이야기가 다시 흘러가기 시작했다.

"컷! 다음 장면 갈게요."

블블 says,

오랜 꿈을 이루지 못했다고 해서 자기 자신을 자책하거나 후회하지 않았으면 좋겠어요. 그 꿈꾸던 하루하루가 모여 내 삶의 흔적이 되었고, 지금의 내가 만들어진 거잖아요. 한때 그려봤던 반짝이던 미래가 지금 내 앞에 없다고 해서 나의 또다른 미래가 아름답지 않은 건 아니라고 생각하거든요. 〈시즌2_ 42화〉

모범생이라는 독이 든 잔

서밤

수학보다 독학하기 힘든 게 운동이라는 지인의 조언으로 최근 헬스장에서 개인 PT를 등록했다. 선한 인상의 트레이너 선생님께 일주일에 두 번 운동하는 법을 배운다. 사회에 나와 만나는 선생님의 존재는 낯설면서도 싫지 않다. 운동을 하기 전 선생님이 먼저 시범을 보여준다. 40킬로그램의 바벨을 들고 데드리프트를 가뿐히 해낸다. 나는 20킬로그램짜리 바벨을 두 손에 쥐고 무게를 가늠해본다. 세상에 나 너무 무겁다. 겨우 두 번 들었는데도 죽을 것 같다. 그래도 이를 악물고 선생님이 그만하라고 할 때까지 앉았다 일어나기를 반복한다. 도저히 더 못하겠다 싶을 때 스무 개한 세트가 끝난다. 연약하디연약한 직장인의 몸으로 한 세트를 해낸 것이다! 혼자만의 감격에 젖어 있는데 선생님은 잘했다는 격려 한마디 없이 다음 운동기구로 성큼성큼 이동한다. 뭔가 야속하다. 나는 선생님이 시키는 대로 잘해내려고 이렇게 애쓰고 있는데. 선생님의 조언대로 아침에는 오트밀을 먹고, 점심에는 단백질 위주의 식사를 하고, 지각이니 결석 한 번 없이 이렇게 성실하게 운동을 하고 있는데 칭찬 한 번 없는 선생님이 너무하다. 참지 못하고 선생님에게 물어본다. "선생님, 저 잘하고 있지 않나요? 저 정도면 정말 또래들 중에서 체력 좋은 편이에요."

이 이야기를 들은 친구들은 보통 웃음을 터뜨린다. '왜 그러고 살아?'라는 측은한 눈길을 더하기도 한다. 나는 서른둘이고, 내 이름으로 책을 두 권 냈고, 내가 다니는 직장의 대표이다. 그래도 나는 트레이너 선생님에게 잘했다는 말을 듣고 싶다. 트레이너 선생님에게만이 아니라, 나는 인정을 받는 게 너무 좋다. 좋아하는 건 넘어 인정을 받지 못하면 눈이 벌게져 인정받을 수 있는 구석을 찾으러 다닌다. 인정받아야 그 성취를 이루기까지의 나의 고통이 정당화되는 것 같다. 맛없는 오트밀을 꾹 참으며 먹고, 피곤한데도 꾸역꾸역 글을 쓰고, 불안을 삼켜가며 사업을 유지하고 있는 걸 아무도 몰라준다면…… 도대체 나의 고생은 무엇으로 보상받을 수 있겠는가! 누군가 나의 성취에 칭찬을 붙여주기 전까지 나의 고생은 다만 삽질에 지나지 않는다. 어떤 일에서든 인정받는 건 최고다. 짜릿하다. 가슴이 두근두근하고, 온 혈관에 자신감이 돈다. 우쭐한 표정이 된다. 내가 노력한 게 헛되지 않았구나 싶으면서 안도감이 밀려온다. 나라는 사람과 내 인생이 조금 더 중요하게 느껴진다. 나는 그게 얼마나 좋은 느낌인지 안다. 그 느낌이 내 인생을 얼마나 망칠 수 있는지도 아주 잘 알고 있다. 나는 지금 금단현상을 겪고 있는 중독자다.

모든 중독자가 그러하듯 나도 처음부터 칭찬과 인정에 중독된 것은 아니었다. 공부를 썩 잘하는 편도 아니었고, 눈에 띄는 재능도 없었고, 거칠고 반항적인 성정을 타고나 애당초 모범생이 될 재목도 아니었다. 잘난 것도 없으면서 묘하게 공격적인 나는 늘 조금씩 겉돌았다. 모난 돌은 세상과 크고 작게 부딪쳤다. 부딪칠 때마다 조금씩 더 뾰족해졌다. 인정이나 칭찬 같은 것을 받아본 적이 없었을 때는 특별히 바라지도 않았다. 다만 어린 내가 바랐던 건 불화가 넘치는 집에서 한시라도 빨리 벗어나는 것이었다. 나는 학생이었고 그때 내 삶을 바꾸기 위해 할 수 있는 건 공부밖에 없었다.

중독은 고통을 완화해주는 긍정적 보상경험에서 시작한다고 한다. 세상과 불화하던 나의 고통은 언젠가부터 받기 시작한 좋은 성적으로 완화되기 시작했다. 반에서 10등을 하다가 전교에서 10등을 한 것은 내 작은 인생을 흔들었다. 그전과 똑같은 교실에서, 똑같은 반 친구들과, 똑같은 선생님께 수업을 들었지만 내가 경험하는 세계는 미묘하게 달라지고 있었다. 친구가 없는 17등과 친구가 없는 일등은 다른 사람이었다. 성적이 높아질수록 친구들은 쉬는 시간 내 자리에 더 자주 찾아왔다. 나는 이전과 똑같은 거친 학생이었지만 선생님들은 나의 반항을 엉뚱하다며 웃고 넘겼다. 영어대회 상장, 봉사동아리 활동, 모의고사 성적표는 모범생이라는 잔에 한 방울씩 흘러들었다. 나는 그 잔에 채워진 작은 권력들을 꿀꺽꿀꺽 마셨다. 아주 달콤했다.

그 맛이 너무 달아 그 안에 섞인 독이 나를 병들게 하는 줄도 몰랐다. 장학금을 받지 못하면 어쩌나 전전긍긍하느라 설사를 달고 살았다. 친구를 만나는 일이 점점 시간 낭비처럼 느껴져 대화를 나눌 때도 집중을 못했다. 대학원에 들어가서는 일 년 중 쉬는 날이 일주일이 채 되지 않았다. 첫사랑과 헤어져 죽을 것 같은 날에도 엉엉 우는 대신 꾹 참고 책상에 앉아 과제를 했다. 좋아하는 것도 싫어하는 것도 점점 줄어들었다. 중요한 일, 해야 하는 일, 필요한 일들이 그 자리를 대신했다. 사는 게 즐겁지 않았다. 내가 무엇을 느끼고, 무엇을 하고 싶은지, 지금 나의 상태가 어떤지도 중요하지 않았다. 그런 데 신경쓰는 건 그저 낭비였다. 내가 해내는 성취가 나의 하루하루를 대체해갔다. 사람들은 나에게 잘살고 있다고 말했다. 그러나 나는 잘사는 내 인생이 좋거나, 자랑스럽거나, 뿌듯하다고 느낄 여력이 없었다. 어느 순간, 마음속 깊은 한구석에서 뭔가 잘못되어가고 있다는 비명이 들려왔다. 언젠가 좋은 평가 따위 받지 않아도 생존할 수 있는 힘이 주어진다면, 나는 모범생이라는 이 불편한 옷을 던져버리고 진짜 내 삶을 찾고 싶었다.

평가, 인정, 칭찬, 권위, 시스템. 내 삶에서 나를 앗아갔던 것들로부터 벗어나고 싶었다. 그 안에서 시달리는 일이 지긋지긋했다. 그래서 나는 어렵게 들어간 첫 직장을 벗어던졌다. 두번째 직장도 벗어던졌다. 나의 사업을 시작했다. 인정받기 위해 아등바등하던 날들에서 벗어나 이제 나 스스로가 내 삶의 권위가 될 수 있을 거라 믿었다. 상장은 던져버리고 빈 도화지를 잡아채고 싶었다. 그 빈 종이에 내가 원하는 삶을 그릴 예정이었다. 그렇게 내게 익숙했던 것들을 훌훌 벗어던지고 처음으로 나를 마주했다. 내 앞에 서 있던 것은 알몸의 모범생이었다. 내 앞에 놓인 인생이 시험지가 아닌 백지인 것이 막막했다. 무엇을 그리고 싶은지 도무지 생각이 나지 않았다. 오지선다를 되찾고 싶었다. '다음 중 내가 앞으로 살아가고 싶은 삶으로 옳은 것은 무엇인가?'라는 문제의 정답을 맞히고 박수를 받고 다시 내 자리로 돌아가고 싶었다.

지금의 나는 선생님도, 책상도, 교과서도 없는 빈 교실에 혼자 서 있다. 아니, 내가 서 있는 곳은 교실이 아니라 내 인생의 한복판이다. 책을 쓰는 것도 사업을 운영하는 것도 정답이 없는 일이라는 걸 머리로는 안다. 그러나 나는 자꾸 없는 정답을 찾으려 허우적거린다. 정말 없을까? 사실 나만 모르고 있지 남들은 다 쏙쏙 정답을 고르고 있지 않을까?

두려움으로 마음이 푹푹 꺼진다. 이건 아주 지치는 일이다. 지금 내 삶을 오롯이 평가할 수 있는 사람은 나뿐이라는 것도 알고 있다. 그러면서도 자꾸 도착하지 않을 성적표를 기다린다. 그렇게 벗어나고 싶던 삶이 내가 아는 유일한 삶이었다는 걸 깨달았을 때, 자괴감이 나를 에워쌌다.

인생에도 성적표가 있다면 얼마나 끔찍하면서도 동시에 얼마나 좋을까? 매 분기마다 인생의 점수를 산출해주고 지금 내가 상위 몇 퍼센트인지 알려준다면 차라리 속이 편할 텐데. 이제 나는 무엇에 매달려야 할지 모르겠다. 내가 아주 오랫동안 들고 있던 모범생이라는 잔은 이제 비어 있다. 마른 바닥을 한번 쓸어본다. 나는 이 잔을 스스로 채우는 법을 잊어버렸다. 어쩌면 한 번도 배운 적 없는지도 모른다. 잔 안을 들여다본다. 서른이 넘었는데 어떻게 살아야 할지 몰라 곤란한 표정의 내가 보인다. 이 잔을 내 삶의 경험들로 채울 수 있다면 그건 어떤 맛이 날까? 지금 내 마음처럼 쌉싸름할까? 내 일상처럼 맹숭맹숭할까? 힘들어 뚝뚝 흘린 눈물 콧물이 섞여 들어간다면 짭조름할 수도 있겠지. 정답도 칭찬도 인정도 아닌 것으로 내 삶을 채워야 한다고 생각하니 손이 떨린다. 아무래도 당분간은 이 저릿한 금단의 맛을 들이켜야 할 것 같다. 오늘 운동 가면 트레이너 선생님 옆구리를 찔러서 칭찬 한 번 더 받고 와야겠다. 아직 이건 포기를 못하겠다.

돈에 얽힌 마음

블블

한때 꽃집을 차리고 싶다고 생각한 적이 있다. 꽃을 만지는 일이라면 질리지 않고 할 수 있을 것 같아서. 계속되는 언론고시 낙방에 지쳐 있을 무렵이었다. 면접관의 허가 없이는 하고 싶은 일을 시작할 수도 경험할 수도 없었다. 그 사실이 자존감을 자꾸만 갉아먹었다. 남의 허락 없이도 스스로 꾸려나갈 수 있는 일을 해보고 싶다는 마음이 강하게 들던 때였다. 그때까지 하던 것과는 전혀 다른 종류의 일을 하고 싶기도 했다. 사변적인 텍스트나 알 수 없는 내 미래처럼 그려지지 않는 것들 말고 물성을 느낄 수 있는 것. 마치고 나면 결과물이 실제로 내 눈앞에 보이는 것. 그러던

와중에 친구를 통해 비교적 저렴한 가격의 꽃꽂이 취미클래스 정보를 알게 되었다.

일주일에 한 번 꽃을 만지러 가는 일은 내게 엄청난 안정감을 가져다주었다. 일단 꽃집 문을 열 때면 풍겨오는 은은한 꽃향기가 나를 안심시켜줬다. 진하고 인공적인 향수 냄새를 맡으면 속이 울렁거렸는데, 꽃향기는 자연스럽고 신선했다. 꽃집을 향하는 날은 한겨울이었는데도 마음만은 봄이었다. 꽃얼굴의 방향, 줄기의 모양을 거스르지 않고 본연의 모습을 그대로 살려도 된다는 점이 무척이나 큰 위안이 되었다. 빳빳이 고개를 든 꽃들만 모아놓으면 예쁘지가 않았다. 여러 각도로 휘어진 꽃의 얼굴이 다발을 이룰 때 언제나 어디서 보나 늘 더 아름다웠다.

꽃꽂이를 더 배우고 싶었다. 취미클래스의 다음 단계는 전문가반 커리큘럼이었다. 전문가 수업을 들으려면 상당한 돈이 들었다. 같이 수업을 듣던 언니는 패키지 디자이너였는데 아이를 낳으면 그 일을 더 못할 것 같아 꽃집을 준비 중이라고 했다. 유명한 플라워스쿨을 알아봤는데 너무 비싸 이곳으로 왔다고 했다. 하지만 비교적 싼 그곳의 수강료도 8회나 10회 수업에 백만 원을 훌쩍 넘었고, 나는 취미

수업 다음 단계인 입문 단계까지만 수강하고 더 배우지 못했다.

가끔 남대문 대도상가나 고속터미널 꽃시장에 가서 꽃을 사 오기도 했지만 늘 아쉬움이 남았다. 차가 없는 나로서는 다양한 종류의 꽃을 마음껏 한아름 살 수 없었다. 실은 꽃 한 단도 내게 너무 많았다. 적게 여러 종류를 사고 싶었지만 도매상가에서 언감생심 꿈꿀 수 없는 일. 친구와 함께 사서 나눌 때나 좀더 다양한 꽃을 구할 수 있었다.

꽃을 본격적으로 배워볼까 하는 마음도 들었지만, 선뜻 행동으로 옮기지 못했다. 친구들은 '생뚱맞게 웬 꽃?' '너 그런 거랑 안 어울린다' 말하며 어리둥절한 표정을 지었다. 엄마는 꽃일이 얼마나 중노동인데 그런 걸 하려고 하느냐, 새벽부터 꽃시장 나가려면 얼마나 부지런해야 하는데 네가 할 수 있겠느냐 핀잔을 주었다. 그거 할 시간에 공무원 준비나 하라고 했다. 나도 그 말에 끄덕였다. 꼭 플로리스트가 되거나 꽃집을 창업하려는 거창한 마음으로 꽃을 배우고 싶었던 건 아닌데다, 제 밥벌이도 잘 못하면서 버는 돈에 비해 너무 큰 비용이 드는 취미활동을 계속할 만큼의 용기는 없었다. 맘에 드는 플로리스트의 SNS를 팔로하면서 멀리서 지켜보는 게 꽃과 관련해서 하는 유일한 일이 되고 말았다. 문제는 돈이었고, 일단 벌어야겠다고 생각했다. 그러다보니 어느새 또 꽃을 만지는 나는 저멀리 흘러가고 말았다.

하고 싶은 일을 스스로 흔들지 말자고들 한다. 제 의지만으로 모든 게 해결될 것처럼. 지금 여기에서 하고 싶은 일을 감행하는 것은 응당 격려받을 만하지만, 돈 없이 과감한 결단을 내리기는 너무 힘든 일이다. 경제력이 주는 안정감은 하고 싶은 일을 위해 움직일 수 있는 근육 같은 것이다. 그래서인지 돈에 얽힌 마음들을 존중하게 된다. 배우고 싶은 일, 하고 싶은 일을 꾸준히 하기 위해서는 돈이 너무나도 필요하다. 모든 움직임에 돈이 드는 세상이다. 하다못해 친구와 만나 차 한잔을 하기 위해서도 돈이 들어가는데 말이다. 당연히 새로운 분야의 일이나 취미를 배우기 위해서도 넉넉한 자금이 필요하다.

하고 싶은 일이 정해져 있지 않더라도 돈은 든다. 나는 오랫동안 꾸어오던 방송국 입사의 꿈을 접은 뒤, 앞으로 무엇을 하고 싶은지 다시 인생의 지도를 그려가고 있는 상황이다. 어떤 꿈을 꾸어야 할지 자아 탐색의 시간을 보내는 중이라고 생각한다. 그런데 이 일에도 돈은 필요하다. 시작은 늘 단순하다. 무엇을 할 때 즐거웠는지 나 자신에게 묻는다. 무기력에 빠져 아무것도 하고 싶지 않은 와중에도 꽃꽂이가 다시 생각났다. 잠시 희망이 번득이지만 이내 수강료를 확인하고 다시 좌절한다. 그럴 때마다 나 스스로를 몇 번씩 흔들어댄다. '진짜 하고 싶어?' '그 정도 돈을 쓸 만큼 네 마음에 열정이 있어?' 재차 확인하고 또 묻고 반복한다. 그렇게 몇 차례 진정성을 따지며 나 자신에게 묻다보면 결국 '안 해도 괜찮을 것 같다'는 현상태 유지만 가능한 대답이 반복된다.

꽃집 알바를 찾다가, 꽃 구독 서비스를 알아보다가 친구들과 꽃꽂이 원데이클래스를 신청했다. 원래 가고 싶던 꽃집 클래스는 1회에 십만 원이 넘어 엄두를 내지 못했다. 찾고 찾다 비교적 저렴한 원데이클래스 수업을 찾아 들었다. 언제나 시작도 하기 전에 메뉴판 가격에 휘청거린다. 실천하지 못하고, 돈 앞에 허둥거린다. 나도 멋있게 뛰어들고 싶다. '그래! 결심했어! 이 길이야!' 하고 풍덩. 허둥거려도 그 물속에서 허둥거리고 싶다. 하지만 본능적으로 안다. 허우적대다 레일을 다 돌지 못하고 물 밖으로 나올 때는 엄청난 정신적 금전적 타격을 입게 될 거라는 걸. 그래서 나는 돈"
에 약하다. 돈 앞에서 찌질하고 못났지만, 이런 나를 굳이
자책하지는 않기로 했다.

　돈 때문에 힘들다는 것을 인정하고, 내가 쓸 수 있는 범
위 안에서 방법을 찾는 수밖에 없다. 수차례 내 진정성을
의심하며 돈을 아끼기 위해 하고 싶은 일을 포기하고 또 포
기하면서 느꼈다. 직접 경험해보지 않으면, 내가 어디로 나
아갈 수 있을지조차 가늠할 수 없다. 그러니까 진정 포기가
안 될 때는 돈을 쓰기로 한다. 대신 가능한 한 지겨울 정도로
정보를 탐색해 합리적인 선을 찾는다. 비싸다고 느껴져도 비
싸다는 이유만으로 포기하진 않으려고 한다.

　거기서 일등이 될지, 그 일로 정말 돈을 벌 수 있을지 확
신하지 못하더라도 일단 질러보기로 했다. 그건 해봐야만
알 수 있으니까. 국비 지원 플로리스트 과정을 알아보고 있
다. 취업률이 낮은 업종이라 지원금을 많이 받지 못하지
만 그래도, 꽃 주변에 머무를 수는 있을 것이다. 꽃집 알바
도 수시로 검색해보고 있다. 이번에는 너무 쉽게 놓아버리
지 않으려고 한다. 요즘에는 사진에도 관심이 생겼다. 매뉴
얼 수동 조작이 가능한 미러리스 카메라를 알아본다. 물론

비싸다. 스마트폰도 있는데 웬 카메라냐고 벌써 내 마음속 깊은 곳에서부터 나를 쏘아붙이는 소리가 들려온다. 그 돈으로 더 좋은 노트북이나 스마트폰을 다시 사면 되지 않겠느냐고 비교하는 소리도 들린다. 모처럼 마음속에 '해보고 싶다'고 반짝였던 일이 빛을 잃어간다. 그러나 이번에는 나 자신에게 '안 해도 괜찮을 것 같다'고 말하고 싶지 않다.

당연히 지구의 모든 사람이 하고 싶은 일을 하며 살았으면 좋겠다. 하지만 현실은 그렇지 못하다. 나로서는 이십대에 뼈저리게 배운 교훈이 그것이다. 노력만으로는 안 되는 일도 있다. 더 노력할 수 없는 상황이 닥치기도 한다. 별 수 있나. 좌절된 꿈의 흔적을 삶 속에 새긴 채 묵묵히 나를 위한 정원을 가꾸는 수밖에 없다고, 지금의 마음은 그렇게 이야기한다. 남의 인정보다는 나의 즐거움을 향해 나아가기로 했다. 여기까지 흘러왔다. 그렇다면 돈 때문에 너무 나 자신에게 너무 옹색해지지 말자고 다짐해본다.

돈이 없어서 한탄이 길었다. 오늘 카메라를 보러 전자상가에 가기 때문만은 아니다. 카드를 긁으며 부들부들 손을 떨까봐 조금 걱정이다.

힘들다고 말할 수 있을 때까지

서밤

힘든 걸 티 내며 사는 사람이 얼마나 될까?

"늘 의연해 보여서 몰랐어요." 그간 일하며 힘들었던 점들을 털어놓자 미처 몰랐다는 동료의 반응에 나는 궁금해졌다. 그 며칠 전에는 마사지를 받으러 갔는데 마사지사가 "지금 안 아파요? 보통 많이 아파하는 부분인데 표정 하나 바뀌지 않네요" 의아한 듯 물었다. '다른 사람들은 아프면 아프다고 인상을 찡그리나요?'라고 반문하고 싶었다. "몰랐어" "니 그렇게 힘들었어?" "불안한 걸 잘 숨기는 사람 같아" "티 좀 내고 살아도 괜찮아"라는 이야기를 들을 때마다 마음이 복잡해진다. 힘들다고 말하지 않았지만, 괜찮다고 말한 적도 없었는데.

　힘들다고 말하지 않았던 건 그게 더 편했기 때문이다. 사업을 처음 시작했을 때 불안하고 막막하다고 털어놓고 동료들까지 그렇게 만들기 싫었다. 그걸 또 내가 수습해야 할 바에야, 그냥 혼자 사무실 소파에 앉아 우는 쪽이 더 편했다. 악플을 비롯해 나에 대한 얼굴 없는 적의를 염두에 두고 사는 게 피곤하다고 하소연했다가, "그런 별 볼 일 없는 애들 신경쓰지 말라"는 무신경한 답변을 듣고 좌절하느니 처음부터 말을 꺼내지 않는 편이 좋았다. '뭐가 힘드냐'는 질문에 대한 답을 찾기 어려웠다. 견디는 건 쉬운 일이다. 나의 취약함을 마주하고, 인정하고, 그걸 표현하고, 상대가 이해할 수 있게 전달하는 것에 비하면 정말 쉽다. 나는 쉽고 편한 게 좋다.

　힘든 마음을 꺼내놓는 건 그 하나하나가 너무 어렵다. '나 사실 힘들어'라는 말 뒤에 따라오는 수많은 나의 취약함들을 마주해야 하기 때문이다. 힘들다는 건 충분히 강하지 않다는 뜻이다. 사업이 이렇게 힘든지 몰랐다는 건 내가 그만큼 무지했다는 것이고, 익명의 악의를 흘려보내지 못한다는 건 내가 그만큼 대범하지 못하다는 거다. 동료들과

관계를 어떻게 맺을지 몰라 당황스럽다는 건 그만큼 내가
서툴다는 거고, 모르는 사람들이 보낸 메시지를 열어볼 때
마다 긴장하게 된다는 건 아직도 악플로 인한 과거의 상처
가 다 아물지 않았다는 걸 인정하는 것이다. 나는 잘 모르
고, 긴장하고, 허둥지둥거리거나, 사소해 보이는 과거의 상
처에 매인 내 모습을 보고 싶지 않다. 이 모든 걸 인정하고
닌 뒤에야 힘들다고 말할 수 있다. 내가 타인의 위로와 이
해가 필요한 약한 인간이라는 걸 받아들여야 "힘들어"라고
말할 수 있다. 나의 미숙한 부분들을 미워하는 마음 없이
있는 그대로 마주하기란 정말 힘들다.

간신히 나의 부족함을 인정했다 하더라도 내가 지금 느
끼는 고통을 언어로 담아내는 것은 또다른 차원의 어려움
이다. 악플 때문에 왜 그렇게 괴로운지, 실체 없는 악의가
나를 왜 그렇게 위축시키는지 스스로 이해하기까지 상당
히 오랜 시간이 걸렸다. '악플을 받으면 기분이 더러워'에
서 '나를 모르면서 함부로 판단하는 사람들의 무례를 마주
할 때 정말 화가 나' '내가 그렇게 재수없는 사람일까, 다른
사람들도 그렇게 생각하는 건 아닐까 두려워' '내가 모르는
사람들이 나를 알고, 내가 망하기를 기다리고 있는 느낌이

소름 끼쳐' '왜 나는 이런 일들을 쉽게 털어버리지 못할까 자괴감이 들어'라고 세분화할 수 있기까지는 시간이 필요했다. 한데 엉킨 불쾌한 감정들을 나의 언어로 풀어내기 위해서는 그 감정들을 하나하나 들여다봐야 했다. 절대 짧은 시간 안에 할 수 없는 일이었다.

마침내 상대에게 전달할 수 있는 수준으로 감정이 정리가 될 때면, 나는 마음속에서 작은 저울을 꺼내본다. 상대방에게 나의 고민을 털어놨을 때 얻을 수 있는 득과 실을 양쪽에 조심스레 올려놓는다. 마음을 솔직하게 보인다고 해서 내가 원하는 공감이나 도움을 받을 수 있다는 확신은 없다. 이렇게 말하면 나를 무능하게 보는 건 아닐까? 엄살 피우는 사람으로 보면 어쩌지? 내 상황을 이해받지 못하면 너무 속상할 거 같은데. 이런 모습을 드러내면 상대가 부담스러워하지 않을까? 나의 약한 면을 드러냈을 때 내가 감수해야 할 위험이 떠오른다. "별일 아냐" "무시해" "널 응원하는 사람이 훨씬 많으니까 신경쓰지 마" "잊어버려"라고 말했던 사람들이 떠오른다. 나의 상처를 드러냈을 때 오히려 전보다 더 깊은 외로움과 마주칠까 두렵다. 그러느니 영원히 침묵하고 싶다. 또 한편으로는 그럼에도 불구하고 누군가에게는 이해받고 위로받을 수 있을 거라는 작은 희망에 간절히 매달리고 싶어지기도 한다.

힘들다고 말하는 건 위험을 감수하는 일이다. 상대가 나의 부족함으로 나를 판단하지 않는 사람인지 확신이 없을 때는 더욱 그러하다. 너무 힘들었다는 나의 고백에 "그래 너 그때 위태위태해 보이더라"면서 강 건너 불구경하듯 평가하는 사람을 만나거나, "너도 참 서투네. 그럴 때는 이렇게 하면 돼"라고 그 틈을 타서 은근슬쩍 자신의 우월함을 뽐내는 사람을 만날 때면 두고두고 마음이 쓰다. 제가 내 자리에 있었으면 하루 만에 털고 내려왔을 거면서 뭘 안다고 '입을 터나' 싶다. 이미 마음이 힘든 상황에서 이런 위험까지 감수하기란 참 쉽지 않다. 금이 간 마음을 품에 안고 믿음으로 도약하기 위해서는 엄청난 용기가 필요하다.

힘든 게 하나도 없어 보이는 사람들은 강한 사람들이 아니라 나처럼 두려움이 많은 사람들인지도 모른다. 자신의 무른 면을 보는 게 무섭고, 용기 내어 그걸 드러냈을 때 이해받지 못할까 불안해하는 것 아닐까 싶다. 그래서 강하고 유능해 보이려 애쓰는 나 같은 사람을 볼 때마다 어쩐지 더 유심히 보게 된다. 유능하고 유쾌해 보이는 표정 뒤에서 삼키고 있는 말은 없는지, 눈빛이 흔들리지는 않는지. 숨기는 데 너무 익숙해져서 뭘 숨기고 있었는지 잊어버린 것은 아닌지. 가만히 등에 손을 얹어보고 싶어진다.

꿋꿋한 얼굴로 아침 일찍 출근한 사람에게 지난밤 어떤 일이 있었는지 나는 모른다. 이제는 괜찮아졌다고 말하는 사람이 괜찮아지기까지 어떤 시간을 지나왔는지 나는 모른다. 아무렇지 않은 얼굴로 그 이야기를 하기까지 혼자 얼마나 울었는지도 알 수 없다. 그러나 누군가 힘든 걸 티 내지 않는다고 해서 힘든 일이 없었다거나, 괴롭지 않았던 게 아니라는 걸 나는 안다. 알 수 없는 일들에 대해 마음대로 짐작하지 않으려 한다. 어느 누구도 늘 강할 수는 없다는 걸 기억하려고 한다. 힘든 걸 힘들다고 말할 수 있을 때까지 더 많은 시간이 필요한 사람들의 마음을 헤아려본다. 그 옆에 앉아 '나도 그래' '이해해' '괜찮아'라고 말하고 싶다. 힘들다고 말할 수 있을 때까지 기다려주고 싶다. 누군가 나의 등에도 살며시 손을 얹어주기를 바라며.

서밤 says,

누구도 나한테 그런 책임을 지라고 말한 적 없어요. 내가 책임져야 하는 일들은 내 선택에 따른 결과인 거예요. 그리고 만약 힘들다면 얘기를 하면 되잖아요. 근데 힘들다고 말하기 싫거나, 다 내가 통제해야 한다고 생각하거나, 도와달라고 하는 게 너무 힘드니까 나 자신에게 화를 내는 것 같아요. 〈시즌2_ 60하〉

천천히 조약돌을 모을 거야

블블

어릴 때는 설익은 라면을 자주 먹었다. 면이 익는 몇 분을 기다리는 일에도 조급했다. 다 익지도 않았는데 가스레인지의 불을 꺼버리곤 했다. 시간이 걸리는 일에는 금방 싫증을 냈다. '오래'까지도 아니고 '조금'만 더 걸려도 초조했다. 빨리 해야 하는데. 빨리 끝내고 싶은데. 기다림은 괴로움이었다. 지루해 보이는 일을 싫어했고 단순 반복되는 일들은 마다했다. 직관적이고 짧은 시간 안에 해치우는 일이 나에겐 제격이라 여겼다. 학창 시절, 당연히 나의 시험 공략법은 벼락치기였다. 최단 시간에 최고의 효율을!

타국의 언어를 배울 때는 무조건 속성 자격증 코스를 들었다. 영자신문 기사를 꾸준히 읽는다든가 팝송 가사를 찾아 외운다든가 하는 일들은 시간이 많이 들었다. 들이는 품에 비해 느는 속도는 더딘 것 같았다. 'DALF는 얼마나 하면 딸 수 있나요.' '이 템플릿 틀을 외우면 토플 몇 점 정도 오를 수 있을까요.' 공부하는 시간보다 시험 후기를 읽는 시간이 길었다. 짧게 공부하고 싶어서, 빨리 자격증을 따고 싶어서. 짧은 기간 기학적으로 나를 몰아붙이면 기대를 충족하는 보상들이 더 빨리 주어졌고, 그게 인생을 제대로 사는 방법이라 생각했다.

그때 나는 프랑스어학원과 스페인어학원을 동시에 다녔다. 대학교 2학년 겨울방학 즈음이었을 텐데, 주 5일 아침 11시부터 오후 2시까지는 프랑스어 왕초보 문법 속성특강을 들었다. 동시에 주3회 두 시간씩 스페인어 종합 초급 코스를 수강했다. 그리고 지금은 프랑스어, 스페인어 둘 중 어느 하나로도 제대로 된 문장을 만들지 못한다. 프랑스 사람들은 숫자 80을 정말 복잡하게 읽는구나 외에는 별로 기억나는 것이 없다. 문법을 두 달 만에 훑었더니 생각하면 끼로웠던 기억뿐이다. 그러나 그때 나는 그렇게 살았다. 어쩜 그리 단순 무식하게 자신의 언어습득 능력을 과신할 수 있었는지. 인풋과 아웃풋 사이 최단 경로 위에 내 삶이 있었다.

지금은 「구몬 일어」를 구독한다. 문제를 풀며 하루 서너 개의 일본어 동사를 외운다. 유행이 지나도 한참 지난 일본 애니메이션을 본다. 가끔 어제 외웠던 단어가 일본 성우의 음성을 통해 내 귀를 정확히 때리고 스쳐가면 기뻐하면서. 샤워할 때 내 눈은 어느새 일본제 보디워시 제품 뒷면, 빽빽이 적힌 글자 사이를 헤매고 있다. 그러다 읽히는 몇 개의 가타카나만 발견해도 콧노래를 흥얼거리며 머리를 감는다. 여전히 1류 동사와 2류 동사를 잘 구분하지 못하고, い형용사와 な형용사의 부정형을 구분해서 작문하는 일에 한참 시간이 걸리지만 그와는 상관없이 기쁘다. 그저 「구몬 일어」의 빈칸을 채워나간다. 바로 앞장에서 본 한자를 끝내 다시 안 보고는 채우지 못해 '술이 웬수지' 쇠퇴한 기억력을 한탄한다. 그러면서도 몇 번이나 앞장을 들춰보고, 미간을 찌푸리며 한자의 부수를 생각하는 내 모습이 좋다. 그렇게 외우는 척 허공을 몇 초 바라보다 다시 돌아와 뒷장의 빈칸을 채우는 시간이 좋다. 마지막 단계가 오지 않았으면 좋겠다. 언제까지고 목표에 대한 생각 없이 빈칸을 채우고

싶다. 새로운 단어를 외우고 싶다. 내일 또 까먹고, 다시 외우고 싶다.

수능 시험공부를 할 때 하루에 몇백 개씩 적으면서 외워야 했던 영어 단어 생각을 하면 코웃음이 날 만큼 적은 분량이다. 속도도 엄청나게 느리다. 어제와 오늘의 일본어 능력에 극적인 변화도 없고 남들에게 인정받을 만한 수준도 아니다. 누구에게 몇 초의 관심도 끌지 못한다. 그래도 나는 이미 JLPT 1급을 딴 친구들 앞에서, 외고 일어과에 다니는 나의 과외 학생 앞에서 「구몬 일어」 문제지를 푼다. 사정이 있어 하루 풀지 못한다 해도 걱정 없이, 다음날 다시 시작할 뿐이다. 나에게 부담되지 않는 선에서 꾸준히 내가 좋아하는 일을 조금씩 한다. 나아지고 있지 않는 일이라도, 언제 정상에 오를지 기미가 전혀 보이지 않는 일이라도 그저 한다. 다시 시작한다.

그러다보면 예쁜 조약돌을 발견하게 된다. 이를테면 이런 것이다. 우리는 택시를 잡는다고 하지만 일본인들은 택시를 줍는다(タクシーを拾う)고 표현한다는 사실을 알게 된다. 우리는 자신을 가리킬 때 손을 가슴에 대지만, 일본인들은 집게손가락으로 코를 가리킨다는 사실도. 사소하게

다른 점에 신기해하며 마음속 어딘가에서 '귀여워'를 연발하는 것이다. 바다에 가면 조개나 조약돌을 주워 오는 것처럼, 신기하고 귀여운 것들을 주워 어디든 모아두는 시간을 갖게 된다. 언어를 배우는 일은 애초에 그렇게 세계를 천천히 돌아다니며 발견해나가는 일이라는 걸, 나는 하루에 다섯 장씩 학습지를 풀면서 배우게 되었다.

인생의 즐거움은 어딨을까. 무엇이든 단번에 해치워 갖게 된 여분의 시간은 무엇으로 채울까. 그다음, 그다음의 다음 아웃풋을 위해 내 시간을 절약해야 하는 것일까. 최단 경로만 걷다보면 내가 세계와 만나는 표면적은 좁디좁아지지 않을까. 최단 경로를 잇는 직선 외에 다른 선을 그릴 수 있을까. 여러 번 그을 수 있을까. 잘못 그렸다고 다시 그릴 수는 있을까. 명암을 넣을 시간은 있을까. 의미 없는 선들만 가득 그려진 종이가 내 인생으로 남는 건 아닐까. 많이 헤매면 헤맬수록 어딘가에 떨어진 조약돌을 발견할 가능성이 높아지지 않을까. 충분히 머무르고 미련이 남지 않을 정도로 같은 장소를 반복해서 돌아다니는 일이 어쩐지 기쁘고 즐겁다.

어떤 때는 지름길로만 가려 했던 나의 무모함이 그립기

도 하다. 넓게 흩어진 조각을 하나하나 주워 모으려면 높이 올라가는 일에서는 뒤처지기 마련이니까. 그래서 어떤 목표를 위해 나를 밀어붙여야 할 필요가 있을 때는 동시에 두 개의 언어를 속성으로 배우려던 나의 아둔함과 단순함이 그리워진다. 그때의 나라면 진심으로 가능하다고 믿고 시도했을 텐데.

하지만 이제는 시간이 오래 걸리는 일이 좋아졌다. 오래 걸려도 조급하지 않다. 기다리는 재미, 찾아 헤매는 재미를 알아버렸다. 면발을 적당히 익힐 줄 알게 되었다. 점과 점 사이를 자를 대고 잇는 선 긋기에는 영 흥미를 잃은 것 같다. 천천히 소소한 아름다움을 찾아내는 일이 즐겁다. 내 인생은 오래 꾸준히 명암과 색을 입힌 알록달록한 그림이 되기를 바란다.

물론 살면서 모든 일에 있어 인풋과 아웃풋을 생각하지 않을 수는 없다. 목표가 분명해야 이뤄지는 일들도, 마감이 있어야만, 효율을 따져봐야만 하는 일들도 여전히 많다. 어쩌면 그런 일들만 많다. 쉴 틈 없이 우리에게 몰아닥친다. 그러니까 하나쯤은, 그런 요구 기준을 통과하지 않아도 되는 일, 마음 내키는 대로 오래 머물러도 되는 일을 해나가고 싶다. 오늘 다 그리지 못하면 내일 마저 이어 그리면 되니까. 그런 일, 그래도 되는 일들은 내가 먼저 만들지 않으면 누구도 만들어주지 않는다. 섣부른 시작과 게으른 반복 사이 어딘가 우리가 머물 시간이 허락되길 기도한다.

블블 says,

요즘엔 뭘 더 해야겠다는 생각보다 나한테 맞는 에너지의 양을 찾는 데 몰두하고 있어요. 의식주에 관심이 많아졌고요. 저는 도시락통을 왜 들고 다니는지 이해를 못했거든요. 일회용이 편하니까. 근데 또 매일 설거지를 하면서 느껴지는 감정이 있더라고요. 계속 쓰면서 정들고, 귀찮더라도 마음을 계속 쓰게 되는 따뜻함 같은 것. 〈시즌2_ 40화〉

자존감 지키며 살기 어렵죠

서밤

세상은 자꾸만 자존감을 지키라고 하는데 도대체 어떻게
지키라는 건지 잘 모르겠다. 신줏단지 모시듯 금고에라도
넣어놔야 하는 건가. 나의 자존감은 잘 지켜지고 있는지 생
각해본다. 어떤 날에는 괜찮은 것처럼 느껴진다. 좋아하는
일을 하며 정직하게 살아가는 스스로의 모습이 꽤 근사한
것 같다. 그러나 또 어떤 날에는 보잘것없는 성취로 너무
기뻐했던 것 같아 부끄럽고, 잘못된 방향으로 가고 있는 것
같아 불안하고, 남들이 이런 나를 우습게 볼까 위축된다. 아
플이라도 받은 날이면 그런 마음은 더 심해진다. '이런 애
도 책을 내냐? 지겹다' '심리학 석사만 졸업한 네가 심리학

들먹일 자격이 있냐?' '또라이네' '인성 교육이 필요한 사람 같다' 등등. 무례한 말들과 마주친 밤에는 쉽게 잠들지 못한다. 내 자존감에 상처를 준 그들이 너무 미워서, 겨우 그런 것들로 상처받는 내가 미워서. 그러다가도 또 며칠이 지나면 '아니, 못난 건 그들인데, 내가 왜 고통을 받아야 하지? 난 괜찮은 인간이야! 아하하!' 하고는 아기처럼 잠드는 밤이 다시 온다. 이렇게 흔들리는 나의 자존감은 잘 지켜지고 있는 걸까?

툭 치면 휘청거리는 자존감으로도 그럭저럭 잘 살아가다보니 자꾸만 자존감 얘기를 꺼내는 세상을 조금은 의심스러운 눈초리로 바라보게 된다. 왜 자꾸 자존감을 지키라고 하지? 지키지 못하면 누가 흠집내고 상처 줄 것처럼. 자소서 백 군데 냈는데 최종면접에서 떨어져서 자존감이 무너지면, 그게 취준생 탓일까? 상사에게 비인격적인 대우를 받고 기분이 나쁘다면 자존감이 낮아서 그런 걸까? 성공했다는 사람들은 자존감이 높아서 성공한 걸까, 성공해서 자존감이 높아진 걸까? 개인이 처한 수많은 맥락을 다 지워버리고 모든 것을 자존감 때문이라고 이야기하면 얼마나 편한가. 요새 젊은이(혹은 여자)들 다 약해빠져서 그렇다고 퉁치고는 자존감을 들먹이면 꽤나 심리학적인 통찰이 들어간 것처럼 보인다. 돈을 못 벌어서, 학력이 낮아서, 능력이 없어서, 외모가 별로라서. 수없이 많은 평가 기준을 만들어놓고 하나라도 못 미치면 조롱하는 사회에서, 자존감을 지키며 살아갈 수 있는 건 능력이 아니라 운 때문인지도 모른다. 약자가 폭력적인 사회에 맞서서 애써 자존감을 지키려 할 때 '그거 정신승리 아니냐?'는 조롱이 따라붙는 걸 보면 자존감은 승리자만이 누릴 수 있는 전리품 같기도 하다. 개인의 존엄성과 다양한 가치를 그다지 존중해주지 않는 사회에서 변해야 할 것은 개인의 자존감이 아니라 그 문화일 것이다.

안타깝게도 세상은 너무 천천히 변하고 나는 당장의 내일을 살아가야 하는 사람이다. 자존감이 무너지는 게 내 탓이 아닐 때에도, 다시 일으켜 세우는 것은 어쩔 수 없이 나의 몫이다. 그래서 요새는 내 안의 부정적인 목소리가 튀어나올 때 싸우지 않고 다정하게 대하기를 연습하고 있다. 예를 들어 '지금 내가 쓰는 책도, 하는 사업도 다 너무 구리고 망할 거야'라는 생각이 들 때, 예전에는 '이렇게 부정적이라니! 왜 스스로를 비하해! 이 한심하고 자존감 낮은 인간아!'

라고 스스로에게 화를 냈다. 그러면 나는 일도 못하고 자존
감도 낮은 인간이 됐다. 무척 기분이 나빴다. 또다른 때에는
'아냐! 내가 얼마나 잘났는데! 책도 잘 팔렸고, 사업도 나름
괜찮다고!'라고 반박의 증거를 찾기도 했다. 그러나 반박의
증거를 찾지 못하는 날이면 필사적인 내 모습이 너무 처량
했다. 아무리 다그치고 반박해도 이런 생각은 자꾸 나를 찾
아왔다. 어느 날 나는 반박하기를 멈추고 그냥 인정해보기
로 했다. '그래. 그렇게 생각하는구나. 그럴 수 있지.' 그렇
게 나를 다독이고 크게 숨을 골랐다. 그러자 조용해진 마음
속에서 아주 솔직한 말들이 튀어나왔다. '너무 불안해. SNS
작가로서는 한물간 거 같고, 사업은 초보라 무엇부터 해야
할지도 모르겠어. 인정받고 싶은데, 그럴 수 없을 거 같아
절망스러워.' 차마 비난하거나 다그칠 수 없는 무른 마음이
었다. '그렇게 생각하면 힘들 수밖에 없었겠다' 하고 위로를
건네보았다. 이상하게도 마음이 한결 편안해졌다. 늘 잘나
지 못하더라도, 완벽한 자존감이 없어 때로 흔들리고 좌절
하더라도 다시 편안한 마음으로 돌아올 수만 있다면. 완벽
하지 않아도 그 정도면 충분했다.

흔들리는 자존감을 제자리로 다시 돌려놓는 작업은 근력

운동과 비슷하다. 끊임없는 반복이 필요하다. 혼자 하기 어려울 때는 심리상담 전문가의 도움을 받는 것을 추천한다. 작년부터 48회째 심리상담 치료를 받고 있다. 상담 치료를 받기 시작했던 건 이상할 정도로 내가 하는 일에 대해 자부심을 느끼지 못해서였다. 머리로는 내가 잘하고 있는 걸 알았지만, 감정적으로는 내 성취가 남들에게는 별 볼 일 없어 보일 거 같다는 마음이 불쑥불쑥 들어 괴로웠다. 상담은 내 모습을 찬찬히 바라봐주는 과정이었다. "선생님, 제 눈이 세 개인 거 같아 괴로워요"라고 하면 상담사 선생님이 내 앞에 거울을 쓱 밀어주며 "거울 속에 비친 얼굴에는 눈이 몇 개인가요?"라고 물어봐주는 일과 같다. 그 거울을 보면 내가 누구인지, 어떻게 생긴 사람인지 보였다. 그전에는 누군가 나에게 "너는 왜 눈이 세 개냐? 이상하다!"라고 비난하면 '진짜 내 눈이 세 개처럼 보이나?' 하고 불안했다. 처음에는 눈이 진짜 두 개가 맞는지 확인하기 위해 계속 거울이 필요했다. 그러나 어느 순간부터는 거울을 보지 않아도 그냥 알게 되었다. 밖에서 누가 뭐라고 해도 내 모습이 달라지지는 않는다는 걸. 더 나아가 실제로 눈이 세 개라고 해도 뭐 어쩔 텐가? 내 삶은 달라지지 않는다. 그걸 아는 것만으로도 사는 게 한결 편안해졌다.

물론 편안해지기까지의 과정은 결코 쉽지 않다. 근력운동을 하면 좋다는 건 알지만 막상 운동을 시작하기는 어려운 것과 비슷하다. 나의 존엄성을 뭉개버리는 사회에 너무 익숙해져서 갑자기 태도를 바꿔 스스로를 인정하고 다독이는 게 너무 어색하게 느껴질 수도 있다. 내가 나를 대하는 태도를 바꾸더라도 외부에서 가해지는 억압과 폭언에 자존감이 무너지는 순간들도 얼마든지 있다. 나는 그럴 때마다 포기하지 않는 태도에 대해 생각한다. 이 글 안에는 내가 이를 악물고 울었던 수많은 밤들과, 스스로에 대한 불안감으로 차갑게 식었던 손, 나를 다잡기 위해 끊임없이 반복했던 이야기들이 생략되어 있다. 밥을 먹다가, 샤워를 마치고, 그림일기를 그리며, 친구와 대화를 하다가도 문득문득 흔들렸던 순간들, '결국 못나고 열등감에 절어 있는 네 모습을 그렇게 합리화하려는 거 아니냐?'라는 비아냥에 부딪혔던 순간들도 수없이 많았다. 그러나 완전히 무너지는 순간에도 마음 어느 한구석에서는 믿음을 놓지 않아야 했다. 결국 내가 나를 지키는 마지노선이니까. 나는 다시 또 돌아갈 거라고. 언제고, 어디서든, 어떻게든 다시 돌아와 스스로를 믿어내고야 말 거라고 다짐해야 했다. 그건 참 어렵고 지치고, 때로 눈물이 뚝뚝 떨어지는 과정이었다. 그러니 누군가 나에게 자존감을 지키며 살아가는 게 너무 어렵다고 한다면, 나도 그렇다고, 나도 정말 그렇다고 대답하고 싶다.

블블 says,

특별해지고 싶은 마음조차 보편적인 거니까, 나의 그런 보편성을 인정하고, 나도 남과 다를 바 없는 사람이라는 걸 이해하고 나면 마음이 편해지는 것 같아요. 〈시즌2_ 43화〉

선택은 두려워 몸둘 바를 몰라

블블

오후 2시 13분. 나는 당장이라도 모든 걸 때려치우고 여행을 떠날 기세였다. 캐나다 동부를 여행하는 방송을 보고 있었다. 천섬Thousand Islands에서 휴양하는 사람들을 보자 흥분했다. 아니 사우전아일랜드가 단순히 샐러드 드레싱 이름이 아니었단 말인가. 호수 위에 떠 있는 오밀조밀한 천 개의 섬들. 섬 하나에 집 한 채, 요트 하나. 동화 속 풍경 같은 영상에 매료되었다. 통장 계좌에 남은 돈이 얼마인지 확인하기 위해 급하게 주거래은행에 접속했다. 캐나다행 비행기표를 검색하던 나는 금세 객관적인 나의 경제적 처지를 생각하고 다시 또 가까운 여행지를 알아보기 시작한다.

일본 규슈의 올레길을 검색해보기도 했다가, 치앙마이의 힙한 카페를 방문한 블로거가 올린 글을 읽는다. 라이카는 얼마나 할까. 중고는 없다. 비싼 카메라로 적당히 예쁜 사진을 찍어 인스타 계정에 올리면 누군가 봐주지 않을까. 가진 돈을 다 털어서 여행을 간다면, 여행지에서 SNS에 하루에 한 장의 사진을 찍고 글을 올린다면 후에 또다시 어떻게든 살아길 방법이 생기지 않을까. 몇 시간 동안 검색을 했다. 무조건 다음주에는 꼭 어디로든 떠날 사람처럼.

같은 날 밤 9시. 반나절이 채 지나지 않아 나는 학원 강사 구인구직 광고를 보고 있었다. 수목금토일 주 5일을 일하는 조건이었다. 낮 2시에 출근해 밤 10시 반에 퇴근하면 받을 수 있는 금액을 확인했다. 남의 눈치를 볼 필요 없이 노력한 만큼 벌어갈 수 있다는 지극히 자본주의적인 광고에 나는 다시 현혹되고 있었다. 이렇게 몇 년을 일하면 얼마나 벌 수 있는지. 너의 생일선물로 겨울 코트를 사주고 싶은데, 곧 겨울이 오면 가야 할 결혼식이 있고 축의금을 내야 하는데. 11월이었다. 지금 기르치는 고3 학생들이 수능을 치르고 나면 내 수입의 절반이 줄어드는데. 온라인 지원하기 버튼을 클릭하고서도 제출하기는 끝내 누르지 못했다. 비행

기표를 사지도, 입사지원서를 내지도 못한 채 시간은 자정을 넘기고 있었다.

나는 아무것도 선택하지 못하고 있다.

이 온도차를 어떻게 받아들여야 하는 걸까. 낮에는 금방이라도 모든 걸 정리하고 떠날 생각에 들떠서 여행 작가로서의 삶을 꿈꾸던 내가 반나절을 버티지 못하고 학원 강사 구인정보를 알아보고 있었다. 애인은 말했다. "너 과외하기 싫다며." "응." 애인은 다시 물었다. "근데 왜 그거 알아보고 있어?" "네 생일선물 사주려고." 수화기 너머의 애인은 말이 없었다. 너는 어느새 개막한 농구 경기를 보며 과자를 먹고 있었고 나는 이미 필요한 정보는 모두 찾아본 사이트 페이지를 괜히 뒤로 앞으로 반복해서 클릭하고 있었다. 정말은 생일선물을 사기 위해 알아본 일자리가 아니었음에도 나는 왜 그렇게 말했을까.

이것도 해도 되고 저것도 해도 되는 상태에서 벗어나고 싶지 않았다. 그것이 나의 선택이었다. 매번 이런 식으로 판단을 유예하며 살아왔다. 이십대 초중반까지는 정말이지 내 인생에 특이점을 만들고 싶지 않았다. 될 수 있는 한 다양한 각도로 여러 개의 가지를 활짝 펼쳐나가는 편이 내 삶을 풍성하게 만들어줄 거라 믿었다. 하나의 결정은 하나의 특이점을 찍는 일이었다. 나는 가능한 한 지나고 나면 다시 이전 상태로는 돌아갈 수 없는 점 같은 건 찍고 싶지 않았다. 언제나 무엇이든 될 수 있는 상태에 머무르고 싶었다. 이것도 될 수 있고 저것도 될 수 있는.

무엇도 선택하지 않으면서 아무 점도 찍지 않고 살았다. 그러다보니 인생 곡선에서 일관성이란 찾아볼 수 없게 되었다. 여러 가지가 풍성해지는 게 아니라, 단 하나의 가지도 뻗어나가지 못하게 되었다. 이쯤 되자 가능성(=무엇이든 될 수 있는 상태)은 더이상 내게 설렘이 아니었다. 두려움이 되었다. 가능성의 영역에만 머무르다보니 그 무엇도 실현할 수가 없었다. 이런 생각에 미치자 훌쩍훌쩍 눈물 콧물이 한꺼번에 쏟아졌다. 나는 이렇게 아무것도 될 수 없는 걸까. 허공을 부유하며 떠다니다 인생을 마치게 되는 걸까.

실컷 울고 나서 띵한 머리로 다시 모니터를 바라봤다. 다음 검색은 대학원이었다(끝난 줄 알았지?). 후기 대학원 1차 전형이 이미 시작된 상황이었고, 2차 전형은 아직 시간이 좀 남았다. 나는 작년에도 그랬던 것처럼 또다시 준비 서류들을 훑어본다. 올해도 어김없이 어언 대여섯 해 전부터 내 물망에 올라와 있던 대학원 홈페이지들을 방문하고 입학전형 파일을 다운받아 읽는다. 날짜 외에는 딱히 달라진 게 없는 입학전형들. 학비를 확인하고, 그럼 무슨 전공을 택해야 하나, 영화학교를 가야 하나, 평론을 공부해야 하나, 난 뭘 좋아하나 더듬어본다. 이런 안일한 마음으로 대학원에 가면 반드시 실패한다던데. 그러고 나면 대한민국 취업준비생들은 모두 한번쯤 생각해봤다는 '7급 공무원시험'을 녹색창에 검색하고 있는 나를 발견한다. 시험 날짜를 보고, 공부해야 할 과목들을 바라본다. 얼떨결에 한국사능력검정시험 날짜를 확인하고 신유형 토익의 후기를 검색하다 다시 또 마음이 무너진다. '나 지금 뭐하고 있는 거지.' 노트북 모니터를 덮고 나서 침대에 누워 다시 눈물 훌쩍 콧물 훌쩍. 아침이 밝아온다. 나는 여전히 어제에서 한 발짝도 나아가지 못했다.

다들 잘살고 있는 것 같은데. 다들 알뜰살뜰 월급을 모으고, 전세대출을 받아 독립하고, 맛있는 밥 먹고 재밌는 영화 보고 비싼 여행 가고 잘만 하더라. SNS만 훑어보면 모두

들 더 신나게 혼자 자기만의 시간도 잘 즐기고. 뭘 그렇게 배우는지. 드로잉도 배우고, 자수도 배우고, 글쓰기도 배우던데. 중국어도 배우고, 새벽에 수영도 가고 한다던데. 나만 빼고 모두 뭘 할 때 자기가 즐겁고 행복한지 잘 아는 것만 같은데. 나는 모르겠다. 호기롭게 시작한 글은 쓰면 쓸수록 괴롭고, 못 쓰겠다. 나보다 잘 쓰는 사람들이 세상에 이렇게 니 많은데. 나이가 서른이 넘었는데도 내가 뭘 좋아하는지도 정확히 모르다니! 다시 또 눈물이 난다. 훌쩍훌쩍. 휴지도 다 썼다. 진절머리가 난다. 뭘 좋아하는지 모르니 선택할 수도 없잖아. 이제 와서 좋아하는 것을 찾는 데 긴 시간을 써도 되는 걸까. 그렇게 시간을 쓴다고 해서 내가 진짜 뭘 좋아하는지 찾긴 찾을 수 있을까. 이십대 내내 찾아도 못 찾았는데. 하고 싶은 것도 없고, 그래서 아무 선택도 할 수 없고, 불안하고, 죽을 것 같다. 근데 꼭 좋아하는 일을 찾아야 하는 걸까. 이렇게 아무것도 하지 않고 침대 위에 누워만 있고 싶은데. 휴지야, 어딨니.

아무리 고민해도 답을 내릴 수가 없었다. 내가 바라는 것이 공부인지, 여행인지, 글쓰기인지, 안정감인지 알 수 없었다. 각각의 시나리오마다 장단점이 끝도 없이 나열되었다.

우열을 가릴 수 없었다. 이미 머릿속에서는 선택지별 최악의 상황이 내가 쓰는 습작 대본의 지문보다 더 세세하게 장면 장면 그려지고 있었다. 무엇도 감당하고 싶지 않았다. 책임지고 싶지 않았으며, 그것을 감수할 만큼 하고 싶은 일은 없었다. 한 가지를 고르고 나면 나라는 뿌리에 단 하나의 가지만 남게 될 것 같았다. 꺾인 가지들은 다시는 내 삶에서 햇볕도 받지 못한 채 사라져버릴 것만 같았다. 잎도 가지도 없는 빈약한 묘목으로 생을 마감하게 되는 것이다.

결국 나는 도망쳤다. 예의 그 선택으로 돌아갔다. 아무것도 선택하지 않는다는 가장 익숙한 선택으로.

그 어떤 것도 택하지 못하는 나를 받아들이고 나자, 내가 할 수 있는 일은 '낙관'뿐이었다. 살기 위해서 필사적으로 사태를 낙관했다. '어떻게든 되겠지'라고 생각하지 않으면 눈물을 멈출 수가 없었다. 내가 평생 가야 할 길 같은 건 지금 당장 정하지 못하더라도, 나에게, 나 스스로, 너 지금 '시간(=내가 가진 유일하게 좋은 것)'을 죽이고 있다고 몰아세우지 않아야만 일단 오늘 하루를 버틸 수 있었다. 내일은 먹고 싶은 음식이 생기지 않을까. 모레는 보고 싶었던 영화가 개봉하지 않을까. 비록 열심히 생계활동을 하지 않고 있는 나지만, 어디를 향해 달려가야 할지도 모르겠는 나지만, 무엇도 택하지 못해 방황하고 있는 나지만 내일의 음식과 모레의 영화를 기다리며 버틸 수밖에 없었다. 뻔뻔하게 살 수밖에 없게 되었다. 결정을 내리지 못한 채 하루하루 흘려보내는 시간들을 기회비용으로 여기는 순간, 나는 걷잡을 수 없이 바닥으로 떨어졌다. 일단 시간을 허투루 버리고 있다는 생각을 외면해야만 했다. 내가 정말 좋아하는 것을 이대로 영영 알 수 없더라도 나는 살아야 하니까. 의도적으로 뻔뻔해지기로 했다. 지금 내가 버리고 있는 것은 사실 별것 아니며, 혹여 별것이더라도 어쩔 수 없다. 내일이 되면 오늘보다는 설탕 알갱이만큼이라도 좋아질 거라고 막연하게 믿는 수밖에. 이것이 혹시 희망의 참모습은 아닐까 반문하면서. 어떤 쪽을 선택할 수 없다 해도 일단 내일은 나아질 거라고 믿는 뻔뻔함. 그래서 오늘 하고 싶은 일을 할 수 있는 여지를 내게 주는 뻔뻔함. 그런 낙관으로 하루하루를 버티고 있다.

모두들 가만히 있지 말고 뭐라도 하라고 했다. 죽으면 어차피 하는 게 잠자는 일인데 뭐라도 하라고. 움직이지 않으면 알 수 없다고. 반대로 말하고 싶다. 무엇도 선택할 수 없으면 그대로 좀 있어도 된다고 말하고 싶다. 가만히 있어도 된다고. 나에 대한 채찍질을 멈출 수 있는 건 나뿐이니까. 선택하지 못하는 자신의 상태를 받아들이고, 조금 더 기다려보는 수밖에. '맛있다' '즐겁다' '따뜻하다' '사랑스럽다' '귀엽다' 같은 색채로 모노톤의 내 일상을 다시 칠해나갈 수 있을 때까지.

서밤 says,

'왜 내가 원하는 대로 가지 못하고 있지?' 하는 고민이 드는 건 내가 원하는 것을 끝까지 놓지 않고 계속 잡고 있으려는 마음이 있어서인 것 같아요. 좀더 자신에게 시간을 허락한다면 '이렇게 한 발짝 떼면 되겠구나!'라는 걸 알 수 있지 않을까요? 〈시즌2_ 80화〉

건강하게 화를 내고 싶다고?

서밤

나에게 '화내는 법을 알려달라'고 물어보는 사람들이 부쩍 늘었다. 나는 평생 어떡하면 화를 덜 낼 수 있을까 고민해 온 사람인데, 화를 내는 방법을 알려달라니! 웃음이 난다. 처음 이 질문을 받았을 때는 어안이 벙벙했다. 나에게는 이 질문이 마치 "웃는 법을 알려주세요" 내지는 "방귀를 너무 뀌고 싶은데 못 뀌어서 답답해요. 어떡하면 방귀를 뀔 수 있나요?"라는 질문과 비슷하게 들렸기 때문이다. 화를 내는 방법은 너무나 간단하다. 화가 난 때, 화를 낸다. 국영수 위주로 예습복습 철저히 해서 서울대 들어가는 것보다 훨씬 쉽지 않은가?

나는 화를 참지 못하고 살았다. 횡단보도를 건너려는데 나를 칠 듯 질주하다 급정거하는 택시를 향해 들고 있던 실내화 가방으로 쾅 내리쳐야만 하는 꼬맹이였다. 중학교 때는 형편없는 학교 급식에 분노해 혼자 급식 만족도 설문지를 만들어 전교생에게 돌리고 학생주임에게 전달했다. 부모님이 언성을 높이고 폭력적으로 싸우기 시작하면 나도 함께 빨랫대를 뒤엎으며 그만두라며 괴성을 질렀다. 너무 잦은 사설 모의고사를 보는 고등학교를 교육청에 신고하는 학생이었고, 여학생들을 추행하던 선생들에게는 졸업식날 거울을 선물하며 "학생들에게는 당신들이 한 파렴치한 행위들이 거울처럼 다 비쳤다"라고 이죽거리는 편지를 두고 졸업하는 학생이었다. 화를 낼 일은 너무나도 많았다. 길가에서 고의적으로 내 어깨를 치고 가는 행인에게 지금 뭐하는 짓이냐고 소리지른 뒤 나를 때리려 하는 그 미친 행인을 붙잡아 경찰에게 넘긴 적도 있다. 노동력 착취와 정서적 폭력이 만연했던 임상심리업계의 비리에 분노해 (또 혼자서) 실태조사를 하고, 그 결과를 언론에 제보하기 위해 여기저기 뛰어다녔다. 싸우고 들이박고 제보하고 욕하고 소리치고 신고하고. 나는 싸움을 피하지 않았다.

어릴 때는 화를 참지 못하는 내 성격이 크게 잘못되었다 생각했다. 화를 잘 다스리지 못하고 걸핏하면 감정에 북받쳐 소리지르는 내가 수치스러웠다. '너는 너무 공격적이야' '감정적이야' '사나워, 여자애가 왜 이렇게 드세니' '사람들이 너 이런 거 아니?' 등등 부모님은 내가 화를 낼 때마다 나를 비난했다. 친구에게 울컥하고 화를 냈다가 절교당한 적도, 분노를 어누르지 못하고 컵이나 공책을 던지거나 찢어버리고는 후회한 적도 더러 있었다. 화를 내는 내 모습은 내가 봐도 흉했다. 시뻘게진 얼굴로 고함을 질러댔다. 갈라지고 떨리는 목소리로. 눈물 콧물이라도 안 흘렸다면 좋으련만. 미숙하고 유치해 보였다. 내가 이렇게 감정조절을 못하고 화를 참지 못하는 사람이라는 걸 남들에게 들키면 안될 것 같았다. '그래서 나는 화를 참는 법 혹은 숨기는 법을 배웠다'라는 이야기가 이어져야 논리적일 거 같은데, 곰곰이 생각해봤지만 안타깝게도 그러지 못했다. 나는 부끄러워하면서도 후회하면서도 화를 냈다. 화를 참지 못하는 인간이있으므로. 다만 일관되게 화를 내다보니 그것의 맨얼굴을 마주할 수 있었다. 미성숙하다고, 부적절하다고, 공격적이라고, 예민하다고 그토록 비난받던 화의 맨얼굴은 말

갈게 이글거리는 에너지였다.

화를 참지 못했던, 화가 반드시 필요했던 순간들을 다시 떠올려본다. 부모의 폭력적인 싸움 속에서 지랄발광하며 맞서지 않았다면 나는 속부터 깨져버렸을지 모른다. '까라면 까라'는 회사의 분위기에 화를 내지 못했다면 아무래도 그 안에서 찌부러졌을 것 같다. 형편없는 급식을 그냥 참고 먹었다면, 불합리하다고 느끼는 순간들에 아무것도 하지 못했다면, 얼마나 무력감을 느꼈을까? 위협받는 순간에 상대를 공격할 에너지가 솟구치지 않았다면 낯선 것들을 끊임없이 경계하느라 나가떨어져버렸을 것이다. 누군가 경계를 침범해서 나의 권리를 치고 가려는 순간마다 이글거리며 불타는 분노는 횃불처럼 나를 지켜줬다. 지금 나는 화를 내는 내가 더이상 부끄럽지 않다.

부끄럽지는 않지만, 화는 역시 어려운 감정이다. 순간적으로 폭발하는 에너지는 나를 지켜주기도 하지만 그만큼 나를 태워버리기도 한다. 임상심리업계 실태에 대한 분노에 사로잡혔을 때, 나는 내 오랜 심리학자의 꿈과 이별하는 상실의 슬픔을 미처 다독이지 못했다. 부모가 싸울 때 함께 고함질렀던 기억은 어린 시절 추억 대부분을 삼켜버렸다.

길가에서 시비 거는 행인을 붙잡거나, 악플러를 고소해 경찰서에서 조서를 작성하는 일은 몹시 지치는 일이었다. 화나는 일을 곱씹다가 잠이 오지 않아 새벽 2시에 벌떡 일어나 비명을 세 번 지르고 나면, 이게 사람 사는 건가 싶어졌다. 그런 날들이면 오늘 날씨가 어땠는지, 햇살에 나뭇잎이 어떻게 반짝이는지, 지금 내가 어떤 아이스크림을 먹고 싶은지 모르게 된다. 일상을 간질이는 자고 섬세한 감정들이 분노의 화마에 휩쓸려 사라진다. 잿더미 같은 마음속에서 투사로 사는 것도 하루이틀이어야 할 만하다.

화를 내고 어떤 후폭풍도 감내할 필요가 없다면 누구든 쉽게 화를 내지 않을까? 사람들이 정말로 화내는 법을 몰라서 나에게 물어보는 건 아닐 것이다. 다만 화를 내고도 그 뒷감당을 손쉽게 할 수 있는 신묘한 비책을 내가 알고 있지는 않을까 하는 기대로 물어보는 것이라 생각한다. 그러나 과연 그런 비책이 있을까? 만약 그런 게 있다면 내가 제일 먼저 알고 싶다. 화는 한 번 내고 끝나는 게 아니라 그 결과와 지루하게 씨름하는 과정을 포함한다. 싸우는 부모에게 화를 낼 때면 그 분노의 화살이 나에게로 쏟아졌다. 임상심리업계에 문제를 제기했을 때 '너 그러면 이 바닥에서 찍힌다'라는 수많은 걱정과 익명의 협박을 받아내야 했다.

심지어 화를 낸다고 내가 원하는 결과를 얻을 수 있다는 보장도 없다. 중학교 급식 설문조사 결과지를 학생주임 선생에게 건넸을 때, 어처구니없다는 눈으로 나를 바라본 그의 표정을 잊지 못한다. 물론 급식도 변한 게 없었다. 고등학교를 교육청에 고발한 일로 학교에 공개적으로 사과문을 써야 했다. 굴욕적이었다. 사람들은 화를 내는 사람, 자신의 의견을 서슴없이 이야기하는 사람을 경계한다. 지금도 구글에서 내 닉네임을 검색해보면 나에 대해 나쁘게 말하는 사람들을 어렵지 않게 찾을 수 있다. 어디선가 나를 욕하는 사람이 있고, 누군가 내게 악감을 갖는다는 건 두려운 일이다.

화는 기회비용이 크다. 이 비싼 값을 허투루 낭비하지 않기 위해 나는 화를 내기 전 스스로에게 몇 가지 질문을 해본다. 첫째, 정말 이 일로 화를 내고 싶은 건지 묻는다. 언젠가 누군가 뒤에서 나를 욕한다는 걸 알았을 때, 화는 났지만 같이 싸우기보다는 그저 위로를 받고 싶었다. SNS에다대고 그 사람에 대해 분풀이를 하기보다는, 푹신한 소파에 앉아 초코빵을 먹는 게 기분을 푸는 데 더 효과적일 수도 있다. 둘째, 정말 이 일 때문에 화가 난 게 맞는지 묻는다. 한번은 내가 외출하며 남편에게 지금 내 머리 모양이 어떠냐고 물었을 때 남편이 "가르마가 오 대 오가 아닌데"라고 무심하게 답하자 이상하리만치 엄청 화가 난 적이 있다. 순간 남편의 모습에서 질문의 요지를 파악하지 못하고 자기가 하고 싶은 말만 집요하게 했던 엄마가 떠올랐던 것이다. 어릴 때 엄마에게 느꼈던 분노 때문에 지금의 남편에게 쏘아붙이는 건 부질없는 짓이다. 화를 내되, 화풀이는 하지 않도록 주의하고 있다. 셋째, 지금 느끼는 게 정말 분노인지 묻는다. 나는 불안하거나 당황스러울 때 쉽게 화가 난다. 누군가 나에게 부담스러운 부탁을 할 때 느껴지는 불편함과 짜증스러움 뒤에는 '거절했을 때 이 사람이 나를 나쁘게 생각하면 어떡하지?'라는 불안이 숨어 있다. 이때 스스로 불안을 다독여주면 화도 함께 잠잠해진다. 그러나 때로는 어쩔 수 없이 수그러들지 않는 화가 있다. 온갖 대가를 치르게 되더라도 화를 참을 수 없는 순간이 분명 존재한다. 그런 순간 나는 최선을 다해 화를 낸다. 맹렬하게, 유난을 떨며, 자제하지 못하고, 아주 격하게.

물론, 모든 형태의 분노 표출이 다 정당화될 수 있다는 건 아니다. 본인이 화가 났다고 주변 사람, 특히 아랫사람에게 아무렇게나 함부로 언어적 신체적 폭력을 행사하는 사람은 절대 되고 싶지 않다. 스스로 늘 피해자라고 약자라고 소리치며 나보다 더 약한 사람들에게 내 화를 받아내게 하고 싶지도 않다. 다만 나는 나의 화를 피하지 않고 맞이하고 싶다. 누군가의 기분을 상하게 만들더라도 나의 권리를 지켜야 히는 순간, 목소리를 내고 싶다. 불합리한 상황에서 갈등을 만드는 게 두려워 동조하는 비겁한 행동을 '착해서 그렇다'라고 합리화하고 싶지 않다. 모두의 어정쩡한 평화를 위해 누군가를, 특히 나를 희생하고 싶지 않다.

화를 내야만 알게 되는 것들이 있다. 사람들에게 이상한 사람으로 보일 위험, 무리에서 배척당할 가능성, 화내도 해결되는 게 없다는 걸 깨달았을 때의 좌절감, 길고 지난한 싸움에서 겪는 감정 소모, 에너지의 소진, 이 모든 걸 감수하고 화를 내는 이유는 무엇일까? 그뒤에는 내가 도저히 포기할 수 없고 지키고 싶은 무언가가 있기 때문이다. 분노의 횃불은 내가 소중하게 생각하는 것들을 선명하게 밝힌다. 나라는 사람이 어떤 사람인지 세상과 부딪치며 거칠게, 그러나 분명하게 느끼게 되는 순간의 감각이 있다. 우아하게, 현명하게 화내는 방법을 나는 모른다. 나는 내가 지키고 싶은 것들을 위해 몇 번이고 나를 태우고 그 잿더미 속에서 구르게 될 것이다. 그리고 그 순간 생생하게 살아 있는 감각을 사랑하며 살아가려 한다.

야심차거나 야심차지 않거나

서밤

며칠 전 누군가 "사업가로서 어디까지 가볼 생각이에요?"라고 물어봤다. 이런 질문은 드라마에서나 나오는 줄 알았는데, 현실 세계에서 직접 받게 되니 순간 말문이 막혔다. 너무 비현실적인 꿈을 꾸는 어린 왕자처럼 보이고 싶지도 않았고, 그렇다고 포부가 없는 사람처럼도 보이고 싶지 않다는 생각이 찰나에 스쳤다. 당황스러움을 숨기고 오래전부터 생각해왔다는 듯 "직원 서른 명 규모의 사업으로 키우는 게 목표예요"라고 대답했다. 나의 야심만큼이나 애매했던 그 대답이 요즘 계속 마음에 맴돈다.

왜 내 마음속 진짜 야심을 내뱉지 못했을까? 왜 "누구든 함께 일하고 싶은 연매출 20억 이상의 정신건강서비스센터를 만들고 싶어요!"라든가 "이 바다 생태계를 바꿀 선도자가 되고 싶어요!" 혹은 "당연히 업계 최고가 되는 게 목표죠~"라고 대답하지 못했느냔 말이다! 내 안의 야심만만한 목소리를 가로막는 게 무엇인지 떠올려본다. 마음 한쪽에서는 너무 야심차고 싶지 않다고, 그게 얼마나 힘겨운 일인지 알고 있다고 말하는 과거의 목소리가 있다. 또 한쪽에서는 허무맹랑한 꿈꾸지 말라고, 네 주제를 알라고, 넌 어차피 그렇게 못 될 거라고 말하는 미래의 목소리가 있다. 그리고 그 둘 사이에서 눈치보며 조심스레 야망을 키우고 있는 지금의 내가 있다.

야심은 한때 나를 지독히도 힘들게 했다. 큰 꿈을 가지는 게 얼마나 위험한 일이 될 수 있는지 경험을 통해 배웠다. 나는 국제기구에서 일하고 싶은 청소년이었다. 대학생이 되고부터는 영어, 프랑스어, 스페인어에 능통하고 싶었다. 국제기구에서 경력을 쌓고, 북아프리카에서 사회적기업을 운영하고 싶었다. 야심은 나를 거칠게 쥐고 이리저리 흔들었다. 방학마다 강남으로 회현으로 어학원을 다녔다. 캐나다로 프랑스로 유학에 도전했다. 유학 비용을 모아야 한다는 생각에 이집에서 저집으로 과외를 다녔다. 내 삶의 에너지를 모두 끌어 남김없이 태워버렸다. 빛나던 목표에 비해 당시의 나는 초라했다. 그래서 힘들어도 멈출 수가 없었다. 만약 목표한 바를 이루지 못하고, 한국에 남아 남들처럼 판에 박힌 듯 살아간다면 내 인생은 실패한 것처럼 느껴질 것 같았다.

내 삶을 집어삼키려던 야심에서 나를 해빙시켜준 것은 우습게도 우울증이었다. 무리한 목표를 향해 달리느라 체력도, 일상도, 대인관계도 숭숭 구멍난 배 같던 나는 우울증에 손쉽게 가라앉았다. 삶을 놓아버리고 싶은 마당에, 꿈을 놓는 것은 아무것도 아니었다. 그러나 동시에 깊게 가라앉은 마음속에서 묘한 편안함을 느꼈다. 야심의 광염이 사그라진 어둠 속에서 희미하게 반짝이는 일상을 발견할 수 있었다. 어학원을 가는 대신 친구들과 카페에서 찻잔이 차게 식을 때까지 수다를 떨었다. 혼자 원서를 꾸역꾸역 읽는 일도 그만뒀다. 그 시간에 인터넷에서 유머 짤들을 봤다. 유학 비용을 모으지 않고 등록금만 충당하면 되니 마음이 한결 가벼웠다. 과외 학생 학부모 눈치도 덜 보기 시작했다. 꿈을 향해 허덕이며 뛰어가지 않아도 되는 삶은 안온했다. 그래,

애당초 내 분수에 맞지 않는 꿈이었다. 나는 외국에서 학교를 다닌 적도 없고, 유학반을 운영하는 외고를 나온 것도 아니었다. 외국에 연줄도 없었고, 외국에서 사업하거나 국제기구에 다니는 지인이나 친척도 없었다. 내가 보고 자라온 것들을 뛰어넘는 꿈은 실현가능성이 낮다는 걸 깨달았다. 다시 솔잎으로 돌아온 송충이처럼, 나는 내 분수에 넘치는 것을 마음에 두지 말자고 다짐했다.

다행히 내가 이런 생각을 할 때쯤 친구들도 비슷한 경험을 하고 있었다. 취업하기 위해 먹고살기 위해 자소서를 백 개도 넘게 써야 하는 인문대에서 감히 꿈을 입에 담는 것은 사치였다. 우리의 꿈은 생존이었다. 우리가 가고 싶은 곳은 우리를 뽑아주는 곳이었다. 사회운동을 하고 싶다던 선배는 카드회사에 취직했다. 불문학자를 꿈꾸던 친구는 공기업에 어렵게 입사했다. 여기저기서 꿈을 찾던 사람들은 도서관으로, 고시반으로 모여들었다. 어느새 야망이 없는 것이 마치 어른의 상징처럼 느껴졌다. 누군가 내게 뭐가 되고 싶으냐고 물으면 나는 "내 밥벌이하는 사람"이라 대답했다. 드라이 마티니 맛이 나는 어른다운 꿈이었다. 그런데 사실 드라이 마티니가 무슨 맛인지 모른다. 아마 내 취향은 아닐 것 같다. 내 밥벌이할 수 있는 나의 첫 직장이 그러했듯.

첫 직장은 3개월 만에 그만뒀다. 숨이 막혀서. 큰 꿈을 접은 이들은 이제 작은 것에 목숨 거는 법을 연습하는 듯 보였다. 애써 배우고 싶지 않았다. 내가 할 수 있는 일, 만날 수 있는 사람들, 받을 수 있는 연봉의 한계가 손에 잡힐 듯 굳어지는 게 느껴졌다. 내가 어디까지 갈 수 있을지 길 끝이 보였다. 그 길을 앞서간 선배들의 얼굴을 봤다. 그중 누구의 표정도 닮고 싶지 않았다. 사람들은 약간의 명절 보너스, 회사 카드 포인트로 살 수 있는 물건들, 그날 점심 메뉴 중 뭐가 맛있었는지, 어제 티비에 누가 나왔는지 얘기했다. 하루종일 붙어 있으면서도 누가 어떤 꿈을 갖고 이곳에 모였는지 이야기하지 않았다. 분수에 꼭 맞는 삶의 안온함은 실망으로 빠르게 변색되었다. 솔잎을 떠나 죽더라도 다른 잎에서 죽겠다고 결심한 송충이의 마음으로 첫 회사에서 꾸물꾸물 기어나왔다.

너무 큰 야망은 버겁고, 너무 작은 야망은 지루하다면 나는 어떻게 살아야 할까? 업계 최고의 사업가가 되겠다며 이 악물고 살고 싶지는 않다. 연인과의 산책도, 친구와의 브런치도 트위터의 잉여로움도 없이 목표를 향해 달리는 경주마로 돌아가고 싶지는 않다. 그렇다고 노력도 하지 않으면서 "내가 언젠가 큰일 할 사람이야~"라고 허황된 자부심을 붙잡고 살고 싶지도 않다. 나는 현실에 안주하는 것으로는 도저히 만족하지 못하면서도, 목표한 지점에 도달하지 못할까 발을 떼기 두려워하고 있다. 어설픈 자세로 구석에서 현실의 눈치를 살피며 야금야금 자라나는 나의 야심을 바라본다. 내 삶을 태워버릴 위험이 있는 이 뜨거운 에너지를 어떻게 끌어안고 살아야 하는 걸까?

나는 어디까지 갈 수 있을까 궁금하다. 멀리 가지 못하더라도 넘어지지 않게 천천히 살피며 가라는 목소리와, 부딪히고 넘어지더라도 전력으로 질주해보자고 외치는 목소리가 끊임없이 내 안에서 충돌한다. 조심스러운 야심가인 나는 오늘은 바닥에 웅크리고 앉아 모래알을 굴려보다 내일은 저 먼 별을 바라보며 가야 할 위치를 가늠해볼 것이다. 남들 앞에서는 "에이, 저는 큰 꿈 없어요"라고 손사래 치는 날에도 밤에 잠들기 전에는 직원 서른 명이 모여 쇠고기 회식을 하는 꿈을 꾸며 잠들 것이다!

<서늘한 마음썰>이 내게 준 것

"팟캐스트 원고는 누가 쓰나요?"

가끔 이런 질문을 받는다. 팟캐스트 <서늘한 마음썰>은 서밤, 블블, 봄봄 세 명이 공동 진행자이자 작가다. 각자 한 회씩 맡아서 주제를 정하거나, 같이 의논해서 정하기도 한다. 주제를 정하고 난 뒤에는 하고 싶은 이야기의 개요들을 구글 공유문서에 추가한다. 그렇게 시즌1부터 조금씩 쌓아온 것들이 어느덧 200페이지가량 된다. <서늘한 마음썰>을 책으로 내보면 어떨까 이야기한 것도 여기서부터였다.

'이 정도 분량이면 책 내도 되겠는걸?'

4년의 시간 동안 나에게도 알게 모르게 조금씩 쌓인 것들이 있다. 먼저, 서밤과 블블이라는 소중한 친구들이다. 팟캐스트 〈서늘한 마음썰〉을 시작했던 2016년 당시 나는 3년차 직장인이었고, 소위 '직장인 사춘기'를 겪고 있었다. 그 와중에 당시 부서 팀장님을 중심으로 만든 라디오 프로그램 모니터 모임에서 새로운 콘텐츠를 제작해보자는 이야기들이 나왔다. 새로운 자극이 필요했던 나는 이참에 움직여보기로 했다.

무엇을 주제로 팟캐스트를 만들 수 있을지 고민하다보니, 당시 애독하던 '서늘한 여름밤'의 블로그가 떠올랐다. 자신의 이야기를 솔직하게 풀어놓은 서밤의 그림일기를 자장가 틀어놓듯 자기 전에 한 편씩 보면서 울기도 참 많이 울었다. 블로그에 있는 아이디로 무작정 메일 한 통을 보냈다.

'서밤님이 마음의 허전함을 그림일기로 표현했다면, 지상파 라디오에 몸담고 있는 제가 허한 마음을 달랠 수 있는 곳은 팟캐스트라고 생각했어요. 잠들기 전 마음 둘 곳을 못 찾고 헤매는, 저와 비슷한 감정을 느끼는 많은 사람들이 함께 들을 수 있는 방송을 만들고 싶다고 생각하고 있었는데 서밤님의 그림일기를 보고 이렇게 용기 내어 제안하게 되었습니다.'

다음날 바로 서밤에게 답장이 왔고 우리는 그 다음날 만나기로 했다. 때마침 원래 알고 지내던 학교 선배 블블에게 이 일에 대해 말했더니, 블블이 자신도 같이 해보고 싶다며 팟캐스트에 관심을 표했다. 블블은 평소에 내 이야기를 잘 들어주고 자기 이야기도 곧잘 들려주는 든든한 선배였다. 서밤을 직접 만나고 나니 서밤-나-블블의 조합이 괜찮을 것 같다는 생각이 더 명확해졌고, 바로 전화를 걸어 블블에게 진짜 같이 팟캐스트를 만들어볼 의향이 있느냐고 물었다.

이렇게 해서 서밤, 블블, 봄봄 셋이 모이게 되었다. 나와 블블은 구면이지만 나와 서밤, 서밤과 블블은 서로에 대해 아는 것이 별로 없었기 때문에 처음엔 어색할 수밖에 없었다. 시즌1의 0회를 들어보신 분들은 그 어색함이 무엇인지 굳이 이곳에 표현하지 않아도 잘 알 것이다. 하지만 방송을 위해 모일 때마다 속 깊은 이야

기를 하다보니, 시간이 지나면서 자연스럽게 서로에
대해 속속들이 알게 됐고 그렇게 시간이 쌓여감에 따
라 이제는 모든 대화들이 편하게 느껴진다. 팟캐스트
녹음 때뿐만 아니라 단체 채팅방에서도 종종 고민을
토로하면 누구 한 명은 답을 해준다. 비빌 구석이 또하
나 생긴 셈이다.

〈서늘한 마음썰〉이 내게 친구들만 준 건 아니다. 피곤
함도 같이 주었다. 〈서늘한 마음썰〉은 이제 일상의 한
부분이다. 매일 밤 자정이 되면 바뀌는 팟빵 순위를 확
인하고 잠드는 것이 빼놓을 수 없는 일과가 되었다. 일
주일을 주기로 보면 주말에 녹음을 마치고 수요일 밤
까지는 편집을 마쳐서 방송국 디지털 부서에 보내야
한다. 출근을 하면 팟캐스트 업무를 할 시간이 없으니
늦어도 목요일 출근 전에는 모든 편집을 마친다. 편집
을 할 수 있는 시간은 퇴근 후 몇 시간뿐인데다 다른
할 일도 많은 와중에 꾸준히 한 편씩 편집해야 하는 게
쉬운 일은 아니다. 본업으로 맡고 있는 프로그램으로
정신이 없을 때면 팟캐스트 녹음과 편집도 해야 한다
는 부담이 더 크게 다가왔다. 휴가 계획도 마음껏 짜기

어려웠다. 몸과 마음이 지친 상태에서 모든 걸 접고 싶은 순간이 종종 찾아오기도 했다.

본업인 라디오 프로그램 제작과 부업인 팟캐스트 제작 사이에서 밸런스를 찾아야 했다. 본업에 소홀해선 안 되기 때문에 팟캐스트 녹음은 주말에, 편집은 퇴근 이후에 했다. 그러다보니 다음날 출근해서 피곤한 것도 사실이었다. 하지만 팟캐스트 때문에 피곤한 게 표가 나도 난감한 일이었다. 그럼에도 불구하고 꾸준히 〈서늘한 마음썰〉을 제작한 이유 중 하나는 라디오 프로그램 제작과 팟캐스트 제작을 병행함으로써 얻는 시너지 효과 때문이다. 라디오 프로그램은 보통 음악과 사연으로 이루어진다. 하지만 팟캐스트에서는 저작권 문제로 음악을 사용할 수 없기 때문에 모든 시간이 토크로 채워진다. 말로 꽉 찬 한 시간짜리 분량을 매주 편집하다보니 어디에 집중해 편집하면 되는지 예전보다는 더 감을 잡게 된 것 같다.

또한 라디오 프로그램 제작에서는 피디와 작가의 역할이 뚜렷한 편인데 팟캐스트는 그렇지 않다. 우리 셋이 동시에 진행자이자 작가로 깊숙이 참여하고 있기 때문에 팟캐스트를 제작하면서 그동안 같이 일해왔던 방송 작가와 디제이의 고충을 어렴풋하게나마 짐작해보게 되었다. 팟캐스트는 비교적 다양한 시도를 해볼 수 있는 매체이기도 하다. 그때 그때 상황에 맞는 주제를 자유롭게 선정하고, 지상파 라디오 방송에서는 섭외가 어려운 게스트를 초대해 이야기를 나눠볼 수 있다. 나에게는, 그 게스트가 나중에 지상파 라디오 진행자나 게스트로는 어떨지 혼자 머릿속으로 그려보는 시간이기도 하다. 〈서늘한 마음썰〉은 무엇보다도 내게 마음의 위로와 안정을 주었다. 물론 지금도 불안하고 우울할 때가 있지만 예전보다는 나아졌다고 느낀다. 그리고 불안이 다시 찾아오더라도 괜찮아질 때가 올 거라는 것을 알게 되었다. 앞에서 얘기했던 여러 가지 힘든 점을 팟캐스트 공개방송 등에서도 말한 적이 있다. 그후에 많은 청취자분들이 위로의 메시지를 보내줬다. 너무 무리하지 말고 힘들면 쉬어가도 된다고. 서밤과 블블도 자기 자신보나 중요한 것은 없다고, 내가 하고 싶은 대로 해도 좋다고 지지해주었다. 힘들다고 말했을 때 돌아오는 따뜻한 위로로 다시 나아갈 힘을 얻곤 한다.

어쩌면 우리와 비슷한 고민을 하며 살아가는 사람이 많을지도 모른다는 생각은 〈서늘한 마음썰〉을 시작한 이유이자 고민 지점이기도 했다. 서밤과 블블이 가져온 주제가 내 고민과 맞닿아 있는 면이 많아서 신기했고, 내가 미처 생각하지 못했던 서밤과 블블의 고민을 들으며 친구를 이해할 수 있는 폭이 넓어진 것도 좋았다. 하지만 그 고민이 그저 나 혼자 혹은 우리 셋만의 고민일 뿐이고 다른 사람들의 공감을 얻지 못하면 어떡하나 걱정을 많이 했는데, 정말 나 혼자만의 특이한 고민인 것 같던 이야기도 어딘가에는 공감하는 분들이 있었다. 각자 드러내진 않더라도 가슴 한구석에 갖고 있던 마음들을 서로 확인하면서 내 마음속에 응어리진 짙은 물감이 수채통에 풀어놓은 것처럼 옅어졌다. 팟캐스트 게시판, SNS, 블로그 등에 남겨주시는 리뷰를 보면 청취자들도 마찬가지인 것 같다.

여전히 내 생각이나 경험을 가감없이 솔직하게 풀어놓는 일은 힘들지만, 최소한 그런 나 자신을 있는 그대로 인정하고 나아가고 싶다는 마음이 생겼다. 오늘도 어딘가에서 듣고 있을 당신과 함께.

2부

다들 쉬운데 나만 어려워

위축된 마음의 기지개를 펴자

블블

내 왼쪽 두번째 손가락에는 흉터가 있다. 흉터가 생기던 날의 기억은 하나도 없다. 바닥에 내려놓은 압력밥솥 뚜껑의 추에 손가락을 갖다 댔다고 한다. 아마 기어다니다 올려다본 높은 곳에 파란 불꽃이 일고 그 위에는 하얗게 김을 뿜으며 정신없이 왔다갔다하는 추가 있지 않았을까. 예뻐서 한참 쳐다보고 있지 않았을까. 당연히 만져보고 싶지 않았을까. 그것이 얼마나 뜨거울 줄은 그때의 나로서는 알 턱이 없었을 테고. 그렇게 일은 터졌겠지.

호기심에 치러야 할 대가는 평생 지워지지 않는 흉터였다. 아마 나는 자지러지게 울었을 테고, 엄마는 병원엔 가지 않고 연고만 바르고 말았다고 한다. 어째서 병원에 가지 않았는지, 이후로 왜 흉터를 없앨 생각을 한 번도 하지 않았는지 엄마가 원망스럽기도 하지만 이제 와서 어쩌겠나. 그 사건 후 왼손 검지손가락 첫마디에 원래 피부 톤보다 어둡고 칙칙한 살덩어리가 자리잡았다. 중간중간 탄산의 기포 같은 하얗고 동그란 점들이 찍혀 있다. 지문을 찍어보면 어설프게 시멘트 반죽을 덧대놓은 담벼락 같다. 이가 빠신 벽 모서리에 대충 발라놓은 아스팔트처럼, 지문의 곡선이 자연스레 연결되지 못하고 뚝 끊긴 맥락 없는 주름이 끼어들어 있다.

나는 그때의 내가 신기하다. 아주 다른 사람처럼 느껴진다. 내가 그렇게 무언가를 선뜻 신기하다고 만져보는 사람이었다니. 기억에 없는, 돌도 지나기 전에 일어난 사건이지만 흉터를 볼 때마다 새삼스럽다. 지금은 그렇지 않기 때문이다. 아무리 신기하고 아름다워 보여도 선뜻 만져본다는 행동은 내 옵션에 없다. 그런 어른으로 커버렸다. 어쩌면 그때 겪었던 고통이 이후 내 행동에 큰 족쇄가 되었을 수도 있겠다는 생각을 한다. 지금은 하나도 기억나지 않는 고통이지만 그때는 너무 강렬했던 건 아닐까. 그후로 무언가를 함부로 만진다거나, 무언가에 맘껏 다가간다거나 하는 건 못하게 된 게 아닐까. 이 흉터가 나의 무의식에 그런 교훈을 남긴 건 아닐까. '섣부른 접촉은 치명타를 안긴단다. 한번 생긴 흉터는 사라지지 않아. 희미해질 뿐이야.' 초등학생 때는 철봉에 매달려 있을 때도, 놀이터에서 쇠로 된 그넷줄을 손에 꽉 쥐고 일어서서 그네를 탈 때도 손가락의 흉터를 친구들이 볼까봐 주먹을 내 쪽으로 돌려 잡았다.

제비뽑기를 할 때에도 항상 마지막에 남은 제비를 갖는다. 타인의 손에 들어갈 뻔하다 다시 바닥으로 떨어진 그 제비가 내 것일 것만 같다. 먼저 손을 뻗는 일은 없다. 남은 것, 선택받을 뻔하다가 못 받은 그 제비가 나하고 어울린다고 생각하는 것이다. 그래서 항상 사다리타기 게임을 할 때도 남들이 고르고 남은 번호를 택한다. 여러 가지 선택지 중에서 무언가 하나 선택해야 하는 일은 너무 어렵다. 난 그냥 남은 걸 갖고 싶은데. 잘못된 선택을 해서 후회하고 싶지 않은 마음이 크게 작용하는 것일 테다. 돈 낭비, 시간 낭비를 했다간 큰일난다고 가르쳤던 부모와 세상 밑에서 자랐기 때문인지도 모르겠다. 그래서 무엇이라도 나보다 먼저 선택해주는 사람들을 만나면 편안함을 느꼈다.

선택권이 내게로 오면 어쩔 줄을 몰랐다. 아무거나 먹고 싶다고 하면 사람들은 불쾌해한다. 어떤 이는 내게 왜 같이 생각하지 않느냐고 다그친다. 정말이지 무엇을 먹어도 아무 상관 없이 좋을 뿐인데. 아이처럼 좋아하면서 자신이 먹고 싶은 걸 말하는 이와는 금방 친해질 수 있었지만, 왜 너는 항상 니에게 선택을 떠넘기느냐고 말하는 이와는 영영 친해질 수 없었다.

나는 여지없이 이곳 〈서늘한 마음썰〉에서도 눈치를 봤다. 잘못한 것도 없는데 위축되는 성향은 내 삶에서 계속 반복되는 함정이었고, 아마 서밤은 내가 그동안 친해질 수 없었던 유형의 사람이었던 것 같다. 늘 나는 열심히 최선을 다해 내 생각들을 이야기했다고 여겼는데, 뜻밖에도 서밤은 내 소극적인 태도와, 나름대로 겸양이라 여겼던 말들로 인해 늘 자신이 이런저런 결정을 내려야 했다고 말했다. 그 말을 듣고 있자니 나는 또 나대로 무지 섭섭했다. 지금까지 함께 팟캐스트를 만들어왔다고 생각했는데, 자기 혼자만 애쓰는 것 같다고 말하는 서밤에게 못내 서운했다. 여기가 내 자리라고 떳떳하게 말할 수 없어서 괴로웠는데, 왜 내 거라고 말하지 못하느냐고 묻는 서밤에게 어디서부터 어떻게 설명해야 할지 막막했던 것 같기도 하다.

쌓여가는 회차 속에서 서서히 지쳐갈 때 서밤이 먼저 입을 열었다. '즐겁지 않다'고. 그리고 서밤은 팟캐스트를 계속 이어갈지 말지 우리의 생각을 물었다. 나는 또 습관적으로 도망가려고 했다. "나한테 먼저 고르라고 하지 마. 남은 걸 고를게. 아무거나 괜찮거든."

심리상담을 받으러 가서 서운했던 마음을 잔뜩 풀어냈던 날, 상담 선생님은 서밤에게 내가 먼저 연락을 해보는 건 어떻겠느냐고 말씀하셨다. 어쩌면 오래전부터 서밤이 기다리고 있었을지도 모른다니. 내가 먼저 연락을 하면 좋아할 거라니. 그럴 수 있을까. 왼쪽 손가락의 흉터가 생각났다. 키보드를 두드리며 내 손가락의 흉터를 마주할 때마다, 절대 먼저 입을 열지 말자, 절대 먼저 움직이지 말자, 절대 먼저 다가가지 말자, 무의식중에 주문을 읊었던 것은 아닐까. 그래서 누군가에게 내가 먼저 손을 내밀 수도 있다는 것을, 내가 하고 싶은 일이 뭔지 정면으로 바라봐야 한다는 것을 아주 오랫동안 잊고 살아왔던 것일까. 콧물이 주르륵 흘러나왔다.

무슨 말부터 해야 할진 모르겠지만, 일단 전화를 걸었다. 당장 하지 않으면 영영 못할 것 같았다. 생각해보니 내가 따로 서밤에게 먼저 만나자고 한 건 처음이었다. 벌써 햇수로 4년째 같이 일을 하는데 내가 이렇게 무심했었나. 외로웠겠다는 생각이 들었다. 미안했다. 물론 내가 댈 수 있는 핑계는 많았다. 서밤은 방송 출연에, 콘텐츠 창작에, 개인 사업에 엄청 바빠 보였다. 내가 먼저 연락하는 일이 부담을 줄 것 같았다. 하지만 서밤은 아무리 바빠도 너를 위한 시간은 만들 수 있다고 했다. 이번에는 눈물이 주룩주룩 흘렀다. 약속을 정하고, 식당을 찾고, 카페에 갔다. 밥 먹다 울고, 차 마시다 글썽글썽했다. 어색했지만, 너 지금 어색하냐고 묻는 서밤 때문에 곧 괜찮아졌다.

먼저 연락해도 돼. 먼저 다가가도 돼. 흉터가 남으면 어때. 이젠 그 깊은 주름도 내 지문인걸.

그렇게 나에게 말해줄 수 있게 되었다.

쭈그러진 것들에 대해 생각한다. 말린 육포, 세탁한 뒤

의 리넨 셔츠. 제 원래 모양보다 구겨져 부피가 잔뜩 줄어
든 것들을 생각하면 어쩐지 동질감이 든다. 공기가 빠져나
가 흐물흐물해진 풍선, 물속에 너무 오래 담가 쭈글쭈글해
진 내 손가락. 애처로운 그것들이 조금씩 기지개를 펴면 좋
겠다.

블블 says,

지금 서 있는 자리가 자기 자리라고 생각하는 게 중요한 것 같아요. '너
여기 있어도 괜찮다'고 아무리 옆에서 얘기해줘도 내가 나한테 얘기해
주지 않는다면 소용없는 것 같거든요. 혹시 저 같은 분이 계시다면, 어딘가
에서 이유 없이 위축돼서 눈치보고 계신 분들이 있다면 이제 남의 눈치
말고 차라리 자기 눈치를 보자고 이야기해주고 싶어요. 〈시즌2_ 88화〉

독선적인 마음 내려놓기

서밤

대학생 시절, 팀플 과제를 위한 첫 팀 미팅에서 조원들 얼굴을 보며 속으로 생각했다. '너희들은 나를 만난 걸 행운으로 알아라.' 팀플을 할 때면 개인 과제라고 생각하고 임했다. 장학금을 타야 하는 나만큼 학점이 절실한 사람은 팀에 없는 때가 대부분이었다. 남이 한 게 성에 안 차 속 끓이며 수정하느니, 처음부터 혼자 하는 게 마음이 편하기도 했다. 팀원들은 나를 '부장님'이라 부르며 웃었다. 발표 마지막 순간까지 다른 팀원이 만들어온 발표자료를 수정하며 제발 팀플 없는 세상에서 살고 싶다고 이를 갈았다. 내 덕에 별다른 노력도 없이 좋은 성적을 얻어 가는 팀원들을 보며 이게 개별 과제였다면 얼마나 좋았을까 생각했다. 누구랑 같이 뭘 하면 늘 조금씩 짜증이 쌓였다.

왜 늘 나만 이렇게 힘들어야 하지? 내가 고생하는 걸 왜 아무도 몰라줄까? 억울했다. 친구들을 만날 때도 그랬다. 각자의 출발 위치를 고려해 적당한 장소를 정하고, 그 지역에 괜찮은 식당과 카페를 찾아보는 게 나일 때가 많았다. 모임의 인원과 분위기, 각자의 주머니 사정을 고려한 식당과 카페를 찾는 일에는 은근히 품이 들었다. 그러나 막상 친구들이 모였을 때 그 노고를 알아주는 이는 별로 없었다. 그 혼잡한 일대에, 그 북적이는 시간에, 쾌적하게 식사할 수 있게 된 걸 아무도 고마워하지 않았다. 누가 시켜서 한 것도 아니지만, 아무래도 야속했다. 이런 비슷한 일은 내 인생의 모든 부분에서 반복되었다. 팟캐스트도 예외가 아니었다. 게스트 섭외할 때 청탁 이메일의 단어를 하나하나 고르는 것도, 다른 행사에라도 나갈 때마다 우리 팟캐스트를 홍보하는 것도, 깊이 있는 콘텐츠를 만들기 위해 녹음의 전체적인 흐름을 조율하며 진행하는 것도 모두 에너지를 많이 써야 하는 일이었다. 그러나 내가 쏟는 노력들은, 하지 않으면 티가 나도 누군가 해놓으면 잘 티가 나지 않는 마른 설거지 같았다. 내 눈에는 보이는 불편한 것들이 다른 사람들 눈에는 잘 보이지 않는 듯했다. 수고를 몰라주는 사람들의 마음을 이해할 수 없었다.

불편한 마음은 비죽비죽 튀어나왔다. 블블과 봄봄은 나만큼 〈서늘한 마음썰〉에 애정이 없는 것처럼 느껴졌다. 정말로 계속 팟캐스트를 함께 만들고 싶은지 궁금했다. 하루는 날을 잡고 각자 팟캐스트를 제작하면서 느끼는 마음을 이야기해보기로 했다. 피디인 봄봄이 느끼는 책임과 부담이야 모르던 바가 아니었는데, 블블이 위축감을 느낀다고 말했을 때는 놀랐다. 자기 자리인지 확신이 들지 않아 자꾸 눈치보게 된다는 블블의 마음이 내게는 너무 낯설었기 때문이다. 나는 왜 블블이 충분히 함께하지 않을까 불만이었는데, 블블은 눈치를 보고 있었다니? 혼란스러웠다. 이 이야기를 남편에게 전하자 그는 단박에 ㅎㅎㅎ 웃으며 말했다. "너, 사람 위축시켜. 나도 극복하는 데 일 년 걸렸어." 나는 한층 더 혼란스러워졌다.

누군가와 함께 일힐 때면 '저 사람은 도대체 왜 저럴까?'라고 생각하는 때가 많다. 왜 친구들은 미리 음식점을 찾아보지 않을까? 왜 나한테 모든 결정을 미루는 거 같지? 왜 저렇게 나이브하게 일하지? 조금 더 고민해보면 그게 틀렸다는 걸 알 텐데? 남들이 안 하거나, 못하거나, 잘못하고 있는 걸 '제대로' 하기 위해 내가 더 노력할 수밖에 없었다. 내 나름대로는 최선의 결과를 위한 행동이었는데, 다른 사람을 위축시킨다니? 혼란스러운 감정과 별개로 내 이성은 그간 이해가 되지 않던 것들의 퍼즐을 성실하게 맞춰갔다. 마침내 맞춰진 조각들에는 이렇게 쓰여 있었다. "님, 지금까지 독선적으로 살아오셨네요."

너무나 당연히 그렇게 되어야 한다고 생각해 내 생각과 행동에 대해 의심해본 일이 거의 없었다. 하늘은 푸르고, 아침이면 해가 뜨고, 친구들과 모이는 곳은 조용하고 쾌적한 식당이어야 한다. 물이 아래로만 흐르는 것처럼, 좋은 팟캐스트가 가야 하는 길도 하나임이 분명했다. 내 마음속에서는 그랬다. 내 마음속에서만 그렇다는 건 몰랐다. 내 기준대로 일이 진행되지 않더라도 모든 게 엉망이 되는 건 아닐 텐데 말이다. 하루는 친구들과 만날 때 내가 먼저 나서서 장소를 정하지 않고 가만히 지켜만 본 적이 있다. 나의 예상대로 함께 식사할 장소를 물색한 사람은 없었다. 주말 저녁 우리는 홍대 한복판에서 어디로 갈지 몰라 우왕좌왕

했다. 거의 한 시간 가까이 헤매다 한 초밥집에 들어갔다. 다 같이 앉을 자리도 없어 두 테이블로 나눠 앉아야 했고, 의자도 따로 가져와 불편하게 앉아 먹어야 했다. 하지만 초밥은 그런대로 맛있었다. 내가 찾은 쾌적한 식당에 고마워하지 않았던 친구들은 시끄러운 초밥집에 끼여 앉아 저녁을 먹는 것도 싫어하지 않았다. 애초에 누구도 나에게 식당을 찾아내라고 강요한 적 없었다. 결국 나는 다른 누가 아닌, 내가 세운 기준에 맞추기 위해 노력했던 것이다. 팟캐스트도 마찬가지였다. 내가 좋아하는 게스트를 초대하기 위해 마음을 썼던 것이다. 좋은 콘텐츠라는 것도 결국 나만의 기준일 뿐이었다. 팟캐스트가 꽤나 알려지면서 가장 많은 조명을 받은 것도 나였다. 내 욕심을 채우기 위해 고생했던 것인데, 남들이 내 마음에 차지 않는다고 불평했다. 부끄러웠다.

뭐든 내 마음대로 해야 직성이 풀리니까 나 혼자만 제대로 일한다고 느꼈던 건 아닐까? 그렇게 일하는 게 효율적이니까, 내 생각이 맞으니까, 설득하고 맞춰가기 귀찮아서. 내 방식대로 모든 일을 다 해버린 뒤에 남들이 내 덕을 본다고 착각했던 건 아닐까? 내가 했던 건 내 기준에서의 배려이고 노력이었지 상대방의 입장과는 무관했다. 사실 상대방 입장에서는 제멋대로인 나의 고집을 배려해주느라 눈치보고 위축되었는지도 모른다. 그렇게 생각하면 진짜로 무언가 혼자 했던 적은 없었다. 내가 장소를 정하면 별다른 이견 없이 따라와주는 친구들이 있었다. 팟캐스트 녹음 내용을 편집하고, 팟캐스트 외부에서 일어나는 모든 일들을 조율하는 봄봄이 있었다. 진솔한 이야기를 털어놓고, 내가 미처 생각지 못한 방향으로 팟캐스트를 끌어가주는 블블이 있었다. 나의 독선과 고집을 개성과 추진력으로 받아주는 친구들이 없었더라면 우리의 팟캐스트는 이렇게 오래가지 못했을 것이다. 당연하게 여겨 다른 사람들의 노력을 보지 못했던 건 어쩌면 나인지도 모른다.

마음속 쌓여 있던 억울함 뒤에는 나의 오만함이 있었다. 혼자 하기 버거울 땐 도와달라고 말했어야 했다. 도와달라고 말하기 싫다면 역할을 나누고 각자에게 일을 맡기면 되는 일이었다. 오늘은 네가 음식점 찾아봐, 이번 팟캐스트 진행은 네가 해봐. 나 혼자 들고 있다고 생각한 짐들을 나눠줄 수도 있었다. 나의 배려나 노력들을 알아주지 않는 것 같을 때는 생색을 내도 됐다. 이런 식당 찾느라 일주일을 검색했다고, 이번 게스트는 섭외하기가 진짜 어려웠다고. 어차피 수고했다는 말 한마디면 족했을 마음이다. 힘들지 않은 척, 혼자 다 알아서 할 수 있는 척, 서운하지 않은 척, 쿨한 척하느라 내색하지 않았다. 알아달라고 말하는 게 유치하게 느껴져, 더 유치하게 혼자 꿍했던 시간들.

반성하는 마음을 털어놓자 봄봄과 블블은 나를 책망하지 않고 웃었다. 반성하는 모습이 용기 있다는 칭찬도 잊지 않았다. 사실 친구들은 내가 반성하지 않았을 때도 나를 있는 모습 그대로 받아들여줬다. 내가 부족하다는 걸 인정해도 비난하지 않을 사람들 앞에서 나의 허물을 인정할 수 있었다. 에잇, 반성 하나도 혼자 하기 힘들어하면서 뭘 그렇게 혼자 다 한다고 생각했는지! 나의 독단적인 면모들을 웃으며 넘겨줬던 친구들의 얼굴이 하나하나 떠오른다. 그래…… 어쩐지…… 다 비슷한 얼굴로 웃더라니…… 그게 그 의미였구나…… 이제야 깨달은 나를 용서해다오. 혹시 이 글을 읽고 있는, 나와 함께했던 이들이 있다면 이 부장님 반성하고 있다고, 미안한 마음을 전하고 싶다.

그래도, 팀플 같이 했던 팀원들은 성적은 잘 받았으니 너그러이 용서해주겠지?

블블 says,

자기의 빈틈이 어디인지, 어디에 구멍이 나 있는지 금이 갔는지 아는 사람들을 보면 전 되게 좋아요. 그 서투름이 너무 좋아요. 어떻게 대처해야 할지 모르지만 허둥대는 사람들을 보면 손잡아주고 싶고, 괜찮다고 말해주고 싶은 마음이 들어요. 자기 성격을 백 퍼센트 좋아할 수 있는 사람이 있을까요? 오히려 자기 성격의 부족한 점에 대해서 곱씹어보지 않은 사람하고는 대화를 나누기 힘든 거 같아요. 매력 없는 사람으로 느껴져서. 〈시즌 2_ 25화〉

완벽주의, 게 섰거라!

블블

수산시장에 회를 먹으러 갈 때마다 두렵다. 전자상가에 핸드폰이나 카메라를 구경하러 갈 때에도 마찬가지다. 호구가 되면 어쩌지 하는 마음 때문에 어쩔 수 없이 주눅이 든다. 애초에 회나 카메라는 살면서 많이 구매하는 물품이 아닌데다가 초보라서 물건을 고르는 안목도 없기 때문이다. 결국 상인들이 제시하는 가격에 따라 구매를 결정하게 되고, 가기 전에 수백 번 값을 깎아보겠다고 마음먹어도, 생업에 산뼈가 굵은 그들의 내공 앞에서 무너지고 만다. 물어는 볼 수 있지 않나 스스로 중얼거려보아도 결국 입 밖에 꺼내보지도 못하고 부르는 가격 그대로 카드를 긁고 돌아오기가 일쑤다.

1000/50

방을 구했다. 처음으로 부모의 집에서 벗어나 독립하게
되었다. 보증금 1000만 원. 월세 50만 원. 관리비 3만 원. 전
세대출을 받을 직장이 없어서, 결혼할 생가도 없이시, 일단
월세방을 구할 수밖에 없었다.

방을 구하는 과정은 수산시장에 회를 뜨러 갔을 때 겪는
일과 흡사했다. '어디 가서 이 가격에 이렇게 좋은 물건은
못 구한다.' 방을 볼 때마다 공인중개사들은 집의 좋은 점
에 대해 이야기했고, 나는 경험이 전무했다. 역 근처의 수
많은 부동산들이 노량진에 줄지어 늘어선 생선가게들 같았
다. 내가 내 돈 주고 내가 살 공간을 구하겠다는데 왜 이렇
게 움츠러드는지. 내가 하는 선택은 잘하는 선택일까. 경험
과 정보가 절대적으로 부족하기 때문에 마음의 긴장이 풀
리지 않았다.

결국 상인들이 제시하는 가격에 맞춰 회를 산 후 식당으
로 올라갈 때에는 자꾸 속은 기분이 들었다. 내 판단을 믿

을 수가 없었다. 그렇다고 언제까지 발품만 팔 수는 없으니, 비슷비슷한 가격들 사이에서 인생의 중대한 결정을 내려야 했다. 첫 독립을 시작할 자취방을 구한 기분은, 연초에 수산시장에 가서 방어회를 살 때의 마음과 크게 다르지 않았다.

회를 먹고 있으면서도 내가 고른 게 방어회가 맞긴 맞는 걸까 의심을 감추지 못하는 나는, 월셋집 가계약금 20만 원을 걸어놓고 좌불안석이었다. 이제 물릴 수도 없는데 내가 구한 방이 최적의 방이라는 확신은 없었다. 이 결정을 물리려면 이제 매몰비용 20만 원이 든다. 내가 너무 미웠다. 왜 더 제대로 알아보고 가계약금을 걸지 않았는지, 왜 그렇게 성급하게 굴었는지 나 자신이 그렇게 바보스럽게 느껴질 수가 없었다. 가계약금을 돌려받을 수 있는지 계속 녹색창에 묻고 검색했다.

가계약금을 건 다음날. 예약했던 심리상담까지 취소하고 부랴부랴 다른 동네의 방을 몇 군데 더 돌아보고 나서야 계약금 지불을 완료했다. 계약서를 쓸 때는 기어코 엄마를 데리고 가서 방을 보여줬다. 그렇게 독립하고 싶어했으면서, 결정적인 순간에는 무서웠던 것이다. 문제가 생겨도 그 책임을 나 혼자 지고 싶지 않았다. 자기방어 심리가 작동했다.

엄마도 봤으니까. 나중에 문제가 생겨도 전적으로 내 탓은 아니겠지 하는 얄팍한 자기보호 전략.

계약서를 손에 들고 나니, 이제 더이상 방을 알아보지 않아도 된다는 해방감이 들었다. 필사적인 검색, 여러 가지 변수가 일어날 가능성, 더 많은 방을 꼼꼼히 살펴봐야 한다는 압박감에서 벗어날 수 있었다. 이제 죽이 되든 밥이 되든 내 첫 자취방은 정해진 것이다. 주사위는 던져졌다.

정작 해보고 나니 별일 아니다. 정말 별일 아닌데 시행하기 전에는 마음의 장벽이 너무 높다. 생각해보면 상인이나 공인중개사들도 자신이 생각하는 합리적인 가격을 내세우는 걸 텐데, 왜 나는 속는다고 생각하며 그들을 무조건 불신하고 혼자 억울해하는 것일까. 궁금한 게 있으면 물어보거나 원하는 점이 있다면 말하면 될 텐데. 왜 정작 말을 꺼내지도 못하면서 그들을 악역으로 만들고 미워하는 걸까.

마음속 깊숙이는, 실패하고 싶지 않은 마음이 있었다. 무엇이든 잘못된 선택은 하고 싶지 않으니까. 완벽한 선택을 하고 싶었다. 1000/50이라는 조건에 가장 좋은 방을 구하고 싶었다. 애초에 저 가격으로 서울 하늘 아래 멋들어진 방을 구하는 건 무리라는 걸 아주 잘 알면서도 계속해서 어딘가 이상적인 방이 있지 않을까, 더 좋은 선택지가 나를 기다리고 있지는 않을까, 계속 선택과 결정을 유보하고 있었던 것이다. 실패가 두려우니까. 어떡해서든 내 첫 자취방은 실패하면 안 되니까. 실패가 뭔지도 정확히 생각해보지 않았으면서 마냥 이유 없이 두려웠던 것이다. 뭐, 집주인이 보증금을 안 돌려주면 실패인가? 전입신고해서 확정일자만 받으면 돌려받을 수 있다는데. 세탁기가 오래되어서 문제인가? 세입자가 잘 돌아간다고 했잖아. 부동산 아저씨도 집주인 좋다고 수백 번 말했잖아. 정확한 불안의 실체도 모르면서 마냥 불안해했던 것이다. 큰 실패라고 해봤자 계약금, 계약 기간을 못 지키고 나갈 때의 중개수수료비 정도였는데. 그게 뭐 인생 망할 만큼의 큰 액수는 아니니까.

부동산 아저씨가 마지막까지 결정내리지 못하는 나를 유심히 보다 "아가씨는 오늘 결정 못할 거 같아. 같이 온 친구가 대신 결정해줘야겠다"고 말했다. 맞다. 나는 나를 믿지 못했다. 내가 하루종일 발품 팔아 눈으로 보고 골랐으면서도, 함께 봐준 사람들이 괜찮은 방이라고 조언까지 해줬는데도, 이제 뭘 더 알아봐야 할지 모를 정도로 자취방 구하기 팁을 정독했으면서도, 모든 걸 종합적으로 고려해 '내'가

'합리적으로' 선택한 방을 믿지 못했다. 더이상 알아볼 뾰족한 수도 없으면서 그저 내 결정을 신뢰하기가 두려웠다.

지금의 나를 믿지 못하는 마음이 완벽주의에 대한 강박을 만든다고 생각한다. 인정하자. 당신이 어떤 일을 완벽하게 하고 싶은데 시작조차 못하고 있다면, 그건 당신이 '지금의 나'를 인정하지 못하고 있기 때문이다. 이것보단 더 잘할 수 있다고 자기를 이상화하는 것이다. 조금 더 준비하고 조금 더 공을 들이면 완벽해질 수 있다며 현실의 자신을 외면하고 있는 건 아닌지 돌아봐야 한다. 있는 그대로의 나를 받아들이지 못한 채 늘 실패를 두려워하다가 시작조차 못했던 일이 너무나 많았다. 그 모든 해보지 못했던 일들이 이제 와서는 너무 안타깝다. 내 독립이 늦어진 이유도 여기에 있다.

막상 살아보니, 나는 내 방이 꽤 마음에 든다. 물론 다 완벽할 수는 없지만, 내 선택이 완전한 실패는 아니다. 어쨌든 독립했고, 내가 이곳저곳 꾸며나갈 수 있는 방이다. 여의도가 훨씬 가까워져 팟캐스트 녹음을 할 때도 한결 부담 없이 오갈 수 있게 되었고, 내가 좋아하는 산책길도 뛰어가면 5초인 거리에 있다. 냉장고 문을 열면 내가 놓아둔 위치 그대로 보관된 식재료를 만날 수 있으며, 내 빨래에선 내가 원하는 향기가 난다. 옷을 빨고 말리고 개키는 수고와, 월세를 감당해야 하지만 아직은 고단하기보다 재밌으니 다행이라 생각한다.

나는 완벽하지 않고, 내 선택도 완벽하지 않다. 다만 무엇이든 완성을 향해 반복하는 과정에서 완벽이 가능해질 뿐이다. 그러니, 다시 선택하고 행동하는 그 과정을 반복할 수밖에 없다. 그러다보면 언젠가 완벽한 나만의 방을 찾게 되겠지.

우울증, 관리하며 살아가고 있습니다

서밤

누군가는 약한 시력으로 태어나 안경을 끼고, 누군가는 약한 치아를 갖고 태어나 충치가 생기고, 또 누군가는 당뇨를 갖고 태어나 정기적으로 병원에 간다. 그리고 나는 약한 멘탈로 태어나 정신건강을 관리하며 살고 있다.

처음 나의 정신적 취약함을 어렴풋하게 지각하기 시작했던 건 고등학생 때였다. 끔찍한 기분상태가 얼마간 지속되다 사라지는 주기가 반복됐다. 일기장 귀퉁이에 그날그날의 기분을 기록해두었다. 그 끔찍한 기분의 주기는 한 달을 넘기지 않고 사라졌다가 이유 없이 다시 돌아왔다. 막연히 대학에 가면 사라질 거라 생각했다. 무엇이 시작되고 있는지 알지 못했다. 꿀렁이는 감정기복이 내 오랜 정신질환의 태동이었음을, 우울증의 씨앗이 내 안에서 발아하고 있다는 걸 나를 포함한 누구도 눈치채지 못했다.

스무 살, 모두가 가장 아름답다고 하는 그때, 나는 죽고 싶었다. 그때를 떠올리면 아직도 천장에 드리워진 그림자가 생각난다. 새벽에 잠이 오지 않아 몇 시간이고 천장을 바라보다보면 그림자기 기울어가는 가도를 외울 정도가 된다. 쉽게 짜증이 나고 늘 안절부절못하고 좌불안석인 기분이 드는 건 성격 탓이라 생각했다. 통제할 수 없는 감정이 때때로 나를 휩쓸고 지나갔다. 갑자기 솟구치듯 들어올려지는 기분이 들거나, 머릿속 어딘가 굉음을 내며 공회전을 하는 듯한 기분이 들 때도 있었다. 내가 내가 아닌 것 같은 불안하고 무서운 시기가 끝나면 기력이 하나도 남아 있지 않았다. 끝이 보이지 않는 무기력과 우울감이 나를 뒤덮었다. 감정은 바싹바싹 말랐다. 그 어떤 감정도 느끼지 못하는 일상은 공허했고, 아무 감정도 느끼지 못하는 상태가 얼마나 공포스러운지도 그때 알았다. 사람들은 우울증이 슬픔이라 생각한다. 그러나 슬픈 상태라도 느낄 수 있어 다행인 날들을 겪어보면 우울증과 슬픔의 차이를 이해할 수 있을 것이다.

우울증의 반대말은 행복이 아니라 활력이라는 말이 있다. 활력이 없다는 것은 신체적인 무기력만을 뜻하지 않는다. 감정을 느끼는 데도 에너지가 들어간다(큰 기쁨이나 즐거움이 지나간 뒤의 피로를 경험한 적이 다들 있을 것이다). 우울증은 희노애락을 느낄 에너지를 앗아간다. 감정을 느낄 수 없으니 무얼 해도 감흥이 없었고, 자연히 아무것도 하고 싶지 않았다. 공허함 속에 사는 사람이 원하는 것은 아마 단 하나일 것이다. 이 모든 것이 끝나는 것. 나는 일기장 맨 뒷장에 늘 유서를 써놨다. 언제고 자살할 용기가 생겼을 때 '나 유서 안 써놨는데 어떡하지?'라고 망설이고 싶지 않았다. 사람들은 자주 말했다. "지금 네 나이가 제일 좋을 때야." 내 인생에서 제일 좋은 시기가 이 지경이라니? 죽음으로 이 고통을 끝내는 것은 내가 생각한 유일하고 논리적인 해결책이었다. 그러나 죽음을 구체적으로 준비할수록 내 안의 작은 목소리가 점점 더 맹렬해지는 걸 느꼈다. 죽고 싶었다. 그러나 살고 싶었다. 둘 다 명백한 진심이었다. 나는 몇 번이고 망설이다 결국 교내 학생상담센터의 문을 열고 들어갔다.

'그때 받은 심리상담이 내 인생의 전환점이었다'라고 쓸 수 있다면 얼마나 좋을까? 결과적으로 말하면 나는 그때 심리상담을 받지 않았다. 그때의 나는 심리상담에 대해 아는 것이 없었고, 막연한 불신과 두려움으로 가득했다. 심리상담을 받기 전 접수면담부터 받았다. 접수면담을 해주시던 선생님은 내 이야기를 듣더니 심각한 대목에서 "어머" 하고 놀랐다. 내 이야기를 듣고 놀라는 사람이라면 나를 치료할 수 없을 거라는 근거 없는 생각이 들었다. 내 문제를 지나치게 심각하게 보는 듯한 시선도 마음에 들지 않았다. 친구에게 조심스럽게 이 이야기를 꺼내자 친구는 화들짝 놀라며 "너 그렇게 힘들었어?"라고 물었다. 당황한 기색이 역력한 친구의 얼굴을 보고 더 당황한 쪽은 나였다. 그렇게 힘들었느냐는 질문에 뭐라고 대답해야 좋을지 몰랐다. 그러게, 내가 정말 그렇게 힘든 건가? 심리상담을 받을 정도로? 사실 나는 엄살을 피우고 있는 건 아닌가? 며칠 후 상담센터에서는 스케줄을 잡으러 오라고 몇 번이나 전화를 했다. 그러나 다시 상담센터의 문을 열고 들어갈 용기는 모두 사라진 후였다.

그때 나를 알았던 누구도 내가 우울증이 있을 거라 생각

하지 못했다. 내가 상당히 멀쩡하게 보였을 테니까. 수업에
도 빠지지 않았고 좋은 성적을 받는 장학생이었다. 아르바
이트도 하고, 동아리 활동도 하고, 친구들을 만나면 웃고 떠
들었다. 내가 봐도 나는 힘든 사람처럼 보이지 않았다. 감
정적 공허를 잊기 위해 늘 바삐 움직였고, 악착같이 일상
을 유지하려고 애썼다. 바다에 빠져 허우적대는 사람의 몸
짓도 멀리서 보면 수영하는 것처럼 보이는 법. 나 또한 나
의 절박한 상황을 들키고 싶지 않았다. 주위를 둘러보면 모
두가 적당히 잘살고 있었다. 다들 연애나 학점, 친구관계 정
도를 고민하는 듯 보였지, 누구도 불면증이나 감정기복, 자
살에 대해 고민하는 것처럼은 보이지 않았다. 주변 친구들
과 다른 이질적인 존재가 되고 싶지 않았다. 남들처럼, 남들
만큼 살고 싶었다. 물에 빠진 사람이 그런 생각이나 한다면
무척 어리석게 보이겠지만, 그때의 나는 도움을 요청하는
대신 우울증에 잠기는 것을 선택할 정도로 힘들다고 말하
는 게 힘들었다.

우울과 불안에 시달리며 자가치료를 꿈꾸는 많은 심리학
과 학부생들이 그렇듯, 나도 내 고통에 대한 자구책으로 심
리학과 대학원 진학을 선택했다. 한 학기에 600만 원 이상

등록금을 내며 나는 세 가지 소중한 깨달음을 얻을 수 있었다. 1) 나는 심리상담을 공부하는 게 아니라 받았어야 했다. 2) 심리상담업계는 블루오션이 아니라 망할 망망대해다. 3) 정신건강이 불안정한 사람은 매우매우 많다! 심지어 심리학과 대학원에도! 대학원 사람들 대부분이 한 번 이상 심리상담을 받아본 경험이 있었다. 오히려 심리상담을 한 번도 받아보지 않은 사람이 독특한 사람 취급을 받았다. 겉으로 멀쩡해 보이던 대학원 동기들도 크고 작은 정신적인 고통과 함께 살아온 친구들이었다. 우리는 정신병리학 교과서에 나온 증상들을 보며 '이거 완전 내 얘기'라며 웃었다. 처음으로 나와 비슷한 고통을 겪으며 사는 사람들을 만날 수 있었다.

학생상담센터의 문을 다시 열고 들어갔을 때 나는 그곳의 조교였다. '도대체 누가 여기서 상담을 받겠어?'라고 생각했던 게 무색할 정도로 상담 신청자가 많고 대기가 길었다. 우울, 불안, 공황장애, 섭식장애, 강박장애, 트라우마, 대인관계 갈등, 학업 문제 등등 사람들의 증상과 문제는 다양했다. 어떤 사람은 나보다 훨씬 심각했고, 또 어떤 사람은 훨씬 경미했다. 이들의 공통점은 한 가지였다. 자신의 인생을 더 낫게 만들겠다는 의지와 용기가 있는 사람들이라는 것. 상담실에 오지 않을 수많은 이유에도 불구하고 사람들은 계속 상담실 문을 열고 들어왔다. 자신의 고통을 인정하면서도 삶을 포기하지 않으려는 사람들의 얼굴을 마주쳤다. 나처럼 평범한 얼굴이었다. 조교가 끝날 무렵 내 삶의 첫번째 심리상담을 신청할 수 있었다.

여기까지 이야기를 들으면 "그래서 그 심리상담을 받고 우울증이 회복된 건가요?"라고 물어보는 사람들이 있다(사람들은 정말이지 고통을 극복하는 이야기를 사랑한다). 그러나 이 글을 쓰고 있는 지금도 내가 백 퍼센트 완치되었다고 말할 수 있는지 확신이 서지 않는다. 다만 확실한 것은 그 심리상담이 회복의 시작이었다는 점이다. 왜냐하면 사실 그제야 처음으로 내가 나의 우울증을 인정할 수 있었기 때문이다. "오랫동안 우울증이 있었던 거 같네요." 나를 상담해주시던 선생님께서 말씀하셨다. 내 인생의 긴 시간 동안 그림자처럼 붙어다니며 내게 고통을 주던 존재의 얼굴을 확인하는 느낌이었다. 그 얼굴이 그동안 전공 공부를 통해 익히 알던 바로 그 우울증이라는 것에 놀랐고, 내가 그때까지 내 병에 대해 깨닫지 못했다는 것에 다시 놀랐다. 어떻게 모를 수 있었을까? 이상심리학을 공부하고 정신병리 수업을 들으며 우울증 증상들을 달달 외우고 있었으면서도. 전공 책을 보며 친구와 '이거 완전 내 얘기'라며 하하하 웃으면서도 나는 우울증과 나를 연결시키지 못했다. 아니 못한 게 아니라 부인하고 싶었는지도 모른다. 내가 문제가 있는 사람, 그것도 정신적 질병이 있는 사람일 리 없다고 부인하고 싶은 마음은 그토록 강력했다. 회복은 나의 병과 고통을 인정하고, 도움을 받아들이는 데서 시작됐다.

우울증을 인정하고 나자 그전까지 보이지 않던 것들이 너무나 명백하게 보이기 시작했다. 우울증은 유전력이 있는 질환인데다, 우리 가족은 모두 우울증 증세를 보이는데 왜 나만 문제가 없을 거라 생각했을까? 나는 이미 우울증의 씨앗을 갖고 태어났고, 이 씨앗은 매일같이 폭력적으로 싸우던 부모님 밑에서 스트레스를 받으며 발아했다. 엄마 아빠는 내가 어릴 때부터 짜증을 자주 부린다며 질책하곤 했는데, 아동기 우울증은 짜증으로 나타난다는 걸 두 분 다 몰랐을 것이다. 한번 싹 틔운 우울증은 중학교 때는 이유 없이 잦은 복통과 소화불량으로, 고등학교 때는 심한 감정 기복으로, 대학생 때는 불안감과 자살사고 suicidal ideation 로

'근면성실하게' 자신의 존재를 알렸다. 우울증은 희귀병도 아니고 비교적 흔한 질병이다. 한국인 100명 중 5명이 평생 한 번은 우울증을 경험한다. 내 질병은 좀더 일찍 발견되었어야 했다. 병에 대해 알기 위해 내 진로를 헌정하기 전에 적절한 치료를 받을 수 있어야 했다. 이해할 수 없는 고통의 근원을 직접 파헤치고자 일생을 의학에 헌신하겠다, 비장한 마음으로 의대에 들어왔는데 알고 보니 자신의 질병이 당뇨였다는 걸 깨달은 의대생의 황망함이 이랬을까? 나는 불필요하게 너무 오랫동안 고통받았다. 적어도 누군가는 나에게 이 고통이 치료를 통해 끝날 수 있다는 걸 알려줬어야 했다.

우리는 어릴 때부터 두통, 복통, 치통 등의 다양한 통증과 암, 뇌졸중, 당뇨, 치매 등 다양한 질병이 있다는 걸 배운다. 그러나 마음의 질병은 마치 존재하지 않는 것처럼 다들 언급을 꺼린다. 어떤 심리적 질병이 존재하는지, 그런 증상을 겪을 때 어디서 어떤 도움을 받을 수 있는지 제대로 배우지 못한다. 질병에 대한 무지는 혐오로 이어진다. 심리상담을 받거나 정신과 치료를 받는 '미친 사람'들은 '우리'와 다른 존재들이며, '우리'는 절대 그런 질병을 겪지 않을 것처럼 행동한다. 정신질환이 정신력의 문제이며 전문가의 도움 없이 개인적 노력으로 해결할 수 있고, 그래야만 한다고 이야기하는 사람들은 여전히 많다. 정신질환을 나약함으로 보고, 그 나약함을 경멸하는 사회에서 나는 스스로의 취약함을 혐오하며 자랐다. 나는 그런 이상하고, 남들과 다르고, 정신병이 있는 사람이 아닐 거라 생각하고 싶었다. 우울증이 나를 어쩔 수 없이 고통스럽게 했다면, 정신질환에 대한 무지와 편견은 나를 불필요한 고통으로 몰아넣었다.

심리상담은 내 안에 켜켜이 쌓인 편견과 자기혐오를 마주하는 시간이었다. 나는 감정기복이 심하고 감정을 잘 통제하지 못하는 내 스스로가 부적절하게 느껴졌다. 무기력으로 일의 효율이 떨어지는 날이면 스스로를 비난했다. 작은 일에도 쉽게 동요하고 불안해하는 나를 한심하다고 다그쳤다. 남들과 비슷한 사람으로 살기 위해서는 남들과 다른 내 모습들을 끊임없이 미워해야 했다. 그리고 스스로를 미워하는 나를 부끄러워했다. 내가 되고 싶은 내 모습과, 실제 내 모습의 괴리 사이에는 우울증이 있었다. 이 빌어먹을 우울증만 사라지면 나는 내가 원하는 모습으로 살 수 있으리라 믿었다. 우울증은 몸안의 암세포 같은 존재이며, 내 일부가 아니고, 종양처럼 메스로 떼어낼 수 있을 거라 생각했다. 내가 싫어했던 나의 모습들은 우울증의 증상들과 맞닿아 있었다. 그러나 심리상담을 받으며 깨달았다. 증상 자체가 나는 아니지만, 증상과 나를 분리하는 것도 불가능하다는 것을. 말하자면 충치로 인해 치통을 느낄 때, 치통이 나는 아니다. 그러나 나는 분명히 치통을 느낀다. 그렇다고 치통을 느끼는 나를 미워할 필요는 없다. 우울증으로 인한 고통과 우울증으로 고통받는 나를 미워하는 고통 중 후자만 덜어내도 인생이 훨씬 편안해졌다. 나는 그토록 자신을 미워했던 나를 천천히 용서해갔다. 그것은 지나온 나의 모든 시간과 화해하는 과정이었다.

어떤 사람들은 회복에 결정적인 역할을 한 무언가가 있을 거라 기대한다. 한 번의 치료, 한마디 위로, 어떤 특별한 관계나 경험을 통해 우울증이 나을 수 있다면 얼마나 좋을까? 그러면 이 글을 재미있게 쓰는 데도 아주 도움이 되었을 텐데 말이다. 물론 치료를 통해 증상이 완화되는 것은 가능하다. 그러나 우울증은 언제고 다시 찾아온다. 증상이 없을 때는 한 번도 그 병이 없었던 거 같은데, 증상이 다시 찾아올 때면 한 번도 벗어난 적 없는 것처럼 느껴진다.

나의 증상은 분명 완화되었지만, 백 퍼센트 제거되지는 않았다. 나는 우울증을 관리하며 살아가고 있다. 우울증 관리는 여느 질환 관리와 비슷하다. 스트레스받지 않고, 잘 자고 잘 먹고, 꾸준히 운동하는 것. 그리고 증상이 심해지면 전문가를 만나는 것. 이 빤한 원칙을 지키는 것은 상당히 재미없고 귀찮은 일이다. 그러나 재발에 대한 두려움은 이 모든 지겨움을 극복하게 했다.

아주 사소하게는 커피를 줄이고 과음하지 않는다. 꾸준히 일기를 쓰며 내 정신건강 상태를 체크한다. 생활리듬이 깨져 피로해지면 정신건강도 흔들리기 때문에 자정 전에는 침대에 눕는다. 감정기복에 조금이라도 영향을 덜 받으려면 건강한 육체가 필수적이기에, 정말 어렵지만 최대한 꾸준히 운동하려고 한다. 상태가 나빠졌을 때 언제든 찾아갈 수 있는 정신과와 심리상담센터의 목록을 갖고 있다. 이보다는 조금 덜 사소한 노력들도 있었다. 나의 감정기복을 이해하는 무던하고 심신이 건강한 사람과 결혼했다. 회사에서 받는 스트레스로 우울증이 재발할 증세를 보이자 퇴사했다. 정신건강 전문가들 옆에서 일하고 싶어 심리상담센터를 창업했다. 정신건강과 마음에 대한 이야기를 솔직하게 나눌 수 있는 다양한 관계를 쌓아나가고 있다. 나의 삶은 정신건강을 유지하는 방향으로 발전하고 있다.

우울증에 대한 기질적 취약성을 제거하는 건 불가능하다는 사실을 지금은 이해한다. 나는 여전히 스트레스에 취약하고, 우울증 재발 위험이 높은 사람에 속한다. 그렇다고 내가 불행해야 하는 것은 아니다. 물론 우울증으로 인해 내 삶에 여러 제약이 있었던 건 사실이다. 재발에 대한 두려움은 오랫동안 나를 움츠러들게 했다. 나는 정신건강을 지키기 위해 내가 원하는 것보다 내게 안전한 것을 우선으로 선택했다. 낯설고 새롭고 흥분되는 상황을 내 멘탈이 감당하지 못할까 두려웠기 때문이다. 그러나 몇 년 전부터 나는 조금씩 도전하기 시작했다. 퇴사와 창업, 팟캐스트 진행, 책 출간 등 예전의 나라면 상상도 못할 일들을 하고 있다. 이 도전들이 즐거웠나? 물론이다. 정신건강에 해로웠나? 물론이다. 깨지는 멘탈을 심리상담으로 이어붙여가며 애써 나아갔다. 나의 심리적 취약성에도 불구하고 원하는 곳을 향해 달려갈 수 있다는 걸 배웠다. 고통스럽고 혼란스럽지만 동시에 살아 있는 느낌이었다. 나는 완벽하지 않았지만, 완벽하지 않은 채로도 내 삶은 충분히 만족스러울 수 있었다.

앞으로도 내 삶은 끊임없이 우울증의 영향을 받을 것이다. 이 글을 쓰고 있는 지금도 1~2주 안에 주기적으로 반복되는 무기력이 나를 찾아올 것을 예감하고 있다. 우울증이 내 삶을 더 풍요롭게 만들어줬다느니, 덕분에 더 건강한 삶을 살게 됐다느니 이따위의 말로 이야기를 마무리하고 싶지 않다. 선택할 수만 있다면 나는 한 치의 고민도 없이 우울증이 없는 삶을 선택할 것이다. 그러나 나의 인종과 부모, 머리카락의 색, 위장의 크기를 선택할 수 없었듯, 나의 우울증도 선택할 수 없이 나와 함께 태어났다. 나는 나의 특성에 적응하는 법을 배우며 살아가는 중이다. 나는 앞으로도 자주 웃을 것이고, 일상적으로 감정기복에 시달릴 것이고, 때로 도전할 것이고, 종종 심리치료를 받을 것이다. 가장 고통스러운 날에도 내 삶을 포기하지 않고 살아갈 것이다. 그리고 내가 이렇게 살아냈노라며 언제고 울고 웃으며 당신과 이야기를 나눌 것이다.

서밤 says,

지푸라기라도 부여잡고 꼭 올라오셨으면 좋겠어요. 이 방송일 수도 있고, 평소에 무심코 지나쳤던 집 근처 정신과가 지푸라기일 수도 있겠죠. 다만 지금의 그 상태가 계속 지속되지는 않거든요. 분명히 나아질 수 있고, 수많은 사람들이 나아졌어요. 우울증은 나아질 수 있는 병이에요. 그러니까 끝이라고 생각하지 말아주세요. 〈시즌1_ 5화〉

두려운 마음에 반창고를 붙여도

"사람들은 누구나 세 개의 삶을 산다. 공적인 나, 개인
적인 나, 비밀의 나."

영화 〈완벽한 타인〉의 마지막에 등장하는 문장이다.
영화 속 인물들은 함께 저녁을 먹는 동안 서로에게 오
는 모든 연락을 공유하기로 한다. 그때 주인공 수현에
게 걸려오는 한 통의 전화. 수현의 친구 소월은 또다른
친구 예진도 통화 내용을 같이 듣고 있는 줄 모르고 수
화기 너머로 얘기한다.

"아, 걔 또 자랑질하디?"

여기서 '걔'는 수현의 친구 예진이다. 이 한마디로 평소

수현이 예진에 대해 어떻게 생각해왔는지 예진은 물론 관객들 모두 짐작하게 된다. 뜨끔했다. 이 친구에게 할 수 있는 말이 있고 저 친구에게 할 수 있는 말이 따로 있지 않을까 생각하면서도 동시에 마음 한편이 찜찜해진 것도 사실이었다. 그것이 그 순간의 진심이었다 해도.

내가 팟캐스트에서 친구 A에 대해 이야기한다고 치자. 친구의 어떤 면에 서운했고 그때 내 감정이 어떻게 일렁였는지. 물론 내가 A의 신상을 밝힐 것도 아니고 청취자들은 그냥 내 친구 중 한 명이라고 알 뿐이다. 하지만 만약 A가 방송을 듣게 된다면 어떨까. 적어도 그 친구는 자신의 이야기라는 것을 알 것이다. 그리고 왜 자신에게 먼저 이야기하지 않았을까 의아해하며 나를 원망할 수도 있다. 나와 가까운 사람에 대해 불특정 다수에게 이야기하다가는 정작 내가 아끼는 사람들에게 상처를 줄까봐 두렵다. 솔직한 생각과 감정을 털어놓기가 주저되는 여러 가지 이유 중 하나다.

솔직한 이야기를 털어놓기 어려운 또다른 이유는, 이야기를 듣는 상대방이 내가 느꼈던 것과 같은 무거운 감정을 느낄까봐 염려되어서다. 혼자만 간직하면 될 고민을 나누는 게 상대방에게 괜히 감정적 부담을 주는 일 같기도 하다. 나를 어떤 시선으로 바라볼지 신경쓰이기도 한다. '내가 이런 걱정을 한다는 사실을 알면 그는 나를 어떻게 볼까. 감정적이고 나약한 사람처럼 보이진 않을까.' 프로답게 보이고 싶은 마음에 내 속내를 드러내는 일을 망설이게 된다.

어릴 때부터 어른들에게 "다른 사람한테 네 속내를 다 드러내면 그게 나중에 네 등뒤를 찌를 거야"라는 말을 들었다. 실제로 초등학생 때 그런 경험을 한 적도 있다. 친한 친구라고 생각하고 많은 부분을 의지하던 친구가 다른 친구와 같이 내 험담을 했다는 걸 알게 됐다. 혼자 끙끙 앓다 또다른 친구에게 사정을 솔직하게 털어놓았는데, 친구는 내 이야기를 고스란히 그 친구들에게 전했다. 결국 엄마에게 반 친구들 중 몇 명이 괴롭혀서 힘들다는 얘기를 하게 됐고, 엄마는 곧바로 담임선생님에게 달려갔다. 총체적 난국이었다. 담임선생님에게 혼난 친구들이 나에게 반강제적으로 사과하며 일은 어찌저찌 마무리됐지만 그 여파가 몇 년 동안이나 지속됐다. 하루는 주말에 홀로 방안에서 울고 있었는데 그 모습을 본 엄마의 한마디가 마음에 박혔다. "몇 년이나 지났는데 아직도 힘들어?"

지금 와서 생각해보면 엄마도 힘들어하는 내 모습에 속상해서 한 말이었을 것이다. 하지만 당시에는 내 고통을 아무에게도 이해받지 못하는 것 같아 더 마음이 아팠다. 다시는 그런 일이 일어나지 않게 하기 위해 내가 잘못한 것 위주로만 곱씹었다. 그리고 내 얘기를 다른 사람들에게 섣불리 하지 말자고 다짐하게 됐다.

하지만 〈서늘한 마음씔〉 팟캐스트를 통해 내 고민을 조금씩 털어놓게 되었고, 마치 자기 얘기 같다며 많은 청취자들이 공감하는 걸 보며 내 성격도 조금씩 바뀌어갔다. 특히 2017년 처음 심리상담 치료를 받았을 때 상담 선생님이 해준 이야기가 많은 도움이 되었다. 가까운 주변 사람들에게 먼저 마음을 털어놓고 그들에게 지지받는 경험이 생기면 점점 더 내 감정을 솔직히 말할 수 있다는 것. 어렸을 때 받은 상처가 있더라도 그 경험 때문에 삶을 그저 소극적으로만 살 수는 없었다.

'누군가에게 솔직하게 말하기 두려웠던 건 결국 내가

미움받을지도 모른다는 마음 때문이었구나. 하지만 나를 비난하는 사람보다 지금 내 옆에서 나를 믿어주는 사람이 더 많다는 걸 기억하자.'

솔직히 얘기할까 말까 고민이 들 땐 얘기하는 것도 좋은 방법인 것 같다. 힘들다는 얘기를 하지 않으면 다른 사람은 모를 수밖에 없다. 때로는 그 솔직함이 서로의 존재를 확인하는 계기가 되기도 한다.

팟캐스트에서도 소개한 책『오늘 너무 슬픔』의 저자 멀리사 브로더는 이렇게 고백한다.

그전까지 나는 삶이 그토록 슬프다는 걸 한 번도 인정해본 적이 없었다. 내가 슬프다고 시인하면 그 슬픔이 진짜가 되어버린다고 생각했기 때문인 것 같다…… 하지만 오랜 시간 인정하지 않고 억눌러왔던 그 모든 슬픔이, 내가 붙여둔 반창고를 비집고 올라오고 있었다. 슬픔은 그동안 불안과 우울을 통해 밖으로 빠져나오려 비명을 질러대고 있었던 것이다.

(멀리사 브로더,『오늘 너무 슬픔』, 김지현 옮김, 플레이타임, 2018, 278쪽.)

솔직함도 마찬가지다. 내가 멀리사 브로더의 솔직한 고백에 위로를 받았듯, 누군가에게도 내 이야기가 조금이나마 힘이 될 수 있겠지. 무엇보다 그건 나를 위한 일이기도 하다. 세상에는 반창고만 붙인 채 숨겨둔다고 해서 해결될 수 없는 상처가 많이 있으니까.

어른이 되어도 새로운 친구들을 사귀고 싶어

블블

초등학생 때는 친구에게 언제 잘 가라고 인사해야 하는지 몰랐다. 헤어져야 할 순간을 정하지 못해서 하굣길에 매번 친구 집 앞까지 갔다가 돌아오곤 했다. 우리집은 학교 후문으로 나가 삼 분만 걸으면 될 정도로 학교와 가까웠는데, 나는 항상 친구를 따라 정문으로 나갔다. 정문 앞 문방구에서 불량식품을 사서 나눠 먹으며 알록달록하게 물든 서로의 혀를 보며 깔깔대다가 그대로 친구 집까지 함께 걸었다. 집 앞에 도착한 친구는 조스바 색 입술로 말했다. "이제 안녕." 그 말을 듣고 나서야 실감이 났다. 이제 혼자 집으로 돌아가야 한다는 사실이. 나란 아이는 삼 분이면 끝나는 하굣

길을 혼자 하교하기 싫어서, 친구와 헤어지기 싫어서 삼십 분을 더 걷는 아이였다.

헤어지기 적절한 순간은 언제였을까? 어제 본 드라마 얘기가 끝났을 때? 아니면 점심에 먹은 급식 반찬 얘기가 끝났을 때? '안녕' 하고 깔끔하게 뒤돌아서야 할 때가 언제인지 도무지 알 수 없었다. 나와 헤어진 뒤 정문으로 나가는 친구들끼리 혹시나 더 새믿는 이야기를 하면 어쩌지, 내가 없는 자리에서 나 없이 즐거운 추억이라도 만들까봐 질투가 났을까. 학교 앞 문방구까지만 같이 가려 했던 원래의 다짐을 한 번도 그대로 지킨 일이 없었다. 집으로 가기 위해 다시 가로질러 걸어가는 운동장은 한없이 넓게만 보였다. 친구와 얼마큼 거리를 유지해야 적절한지도 잘 몰랐다. 관계에도 주기가 있고, 적절한 거리와 온도가 있다는 걸, 관계도 물성을 가지고 있다는 걸 알 턱이 없는 나이였다.

스무 살이 넘어서도 가끔 이유 없이 친구들을 집 앞까지 데려다주곤 했다. 내가 돌아가야 하는 길이더라도. 물론 학교 근처에서 자취하는 친구들이 많아졌기에 가능한 일이기도 했지만. 그러나 반대의 경우도 있었다. 학교에서 집으로 돌아갈 때 함께 버스를 타는 친구가 있었다. 내려야 할 정류장이 다가와도 아직 할 이야기가 많았던 친구는 버스에서 내리지 못하고 그대로 우리 동네까지 왔다가 다시 돌아갔다. 친구야말로 이십 분이면 되는 길을 거의 세 시간에 걸쳐 돌아간 셈이었다. 아, 세상에 나 같은 멍청이가 또 있구나! 그날 묘한 흥분으로 가슴이 벅차올랐다. 나와 이야기를 나누기 위해 먼 길을 마다하지 않은 친구가 있다는 사실에 기뻤다. 받아들여진 느낌이었다.

이런 경험들 때문인지, 나는 그렇게 시간을 쓰는(쓰려고 하는) 마음을 애정이고 우정이라고 생각했다. 나에게 친구를 사귄다는 것은 함께하기 위해 먼 길을 돌아가는 시간 낭비를 하는 멍청이가 된다는 것과 같은 말이다. 뚜렷한 목적 없이 만나고, 함께 보내는 시간이 줄어듦을 아쉬워하는 사람과 대화하는 일. 나의 행동에 대해 굳이 설명을 요구하지 않는, 그래서 세상에 나 혼자가 아니라 다행이다 안심할 수 있게 되는 사람을 찾는 일. 사람을 겪으며 자라나는 동안 내 사전에는 그런 일이 친구를 사귄다는 말이 되어 있었다.

그러다보니 점점 친구를 새로 사귀는 일이 아득해진다. 사회인이 되어보니 때로는 돈보다 시간을 더 아끼게 된다.

시간을 더 쓰면 됐던 그리 어렵지 않던 일은 이제 운이 좋아야만 가능한 일이 되었다. 수백 개의 회사에 입사지원서를 내야 하는 취준생이 되어서부터는, 시급이 아닌 월급을 받는 일을 하는 나이가 되고서는, 치열한 경쟁을 뚫고 자리를 잡고 나서는, 모두들 돈 낭비는 할지언정 시간 낭비는 하지 않으려고 한다. 그러다보니 이제 죽치고 앉아 시간을 낭비한다는 건, 있어서는 안 되는 일이 되었다. 아무런 목적 없이 친구와 만나 수다를 떠는 시간을 낸다는 것이 낭비처럼 느껴진다.

친구를 새로 만들 수 있기는 있는 걸까.

'새로운' 친구가 굳이 필요한 것도 아니잖아? 있는 관계라도 잘 유지하자면서 그것도 결국 잘해내지 못해 전전긍긍 외로운 나날을 보내던 중, 서밤에게서 갑작스런 초대장을 받았다. 직접 찍은 사진 위에 간단한 포토샵으로 일시와 장소를 얹은 한강 소풍 초대장. 참가자가 자기 먹을 것을 챙겨오는 포틀럭 피크닉이었다. 처음에는 남사스럽고 귀찮았다. 초등학생 때나 주고받던 생일파티 초대장을 받은 느낌이었다. 음식을 만들어야 하다니. 제대로 만들 줄 아는 음식 하나 없던 터라 부담이 되었다. 게다가 처음 만난 사람들이랑 한강 공원에서 무슨 이야기를 해야 한단 말인가. 이제라도 못 간다고 할까. 콧구멍에 바람이나 쐬러 가자는 말인 줄로만 알았는데 이렇게 본격적인 사교활동일 줄이야.

그러나, 그곳에서 뜻밖에도 새로운 친구들을 얻었다. 새로운 어른 친구들을. 거리가 멀어도 조급해하지 않고, 너무 가까워 밀어낸다 한들 서운해하지 않는―아니, 그렇더라도 서운함을 본인의 몫으로 생각하는―나보다 훨씬 더 멋있게 성장한 사람들을 만날 수 있었다. 각자의 시간과 공간을 존중하는 관계 맺기란 멋진 것이었다. 온 시간과 에너지를 쏟아야만 친구가 될 수 있다는 생각은 나만의 착각이었다.

이제는 우정의 점성도가 꼭 함께 있는 시간에 비례하지 않는다는 사실을 안다. 관계의 탄력을 확인하려는 나의 불안감이나 호기심이 상대에게 큰 상처가 될 수 있다는 사실도. 학교 현관에서 실내화를 갈아 신으며 '안녕'이라는 말을 하지 못해 친구 집 앞까지 갔던 아이에서, 아직 서툴더라도 사람 사이의 거리를 가늠해볼 수 있을 만큼은 어른이 되었다. 태어나 지금까지 내가 성장한 정도는 꼭 그만큼이다. 안녕을 말할 수 있게 된 만큼.

삐뚤빼뚤한 글씨로라도, 누군가에게 초대장을 보내는 일은 근사하다. 더이상 인간관계를 확장할 수 없을 것 같아 지레 마음의 문을 닫았던 내게, 서밤의 초대장은 뜻밖의 선물 같았다. 아무것도 시도하지 않고 멈춰 있던 내게 '이렇게 해보는 것도 좋아'라고 알려준 서밤의 초대장이 고마웠다.

시간도 없고 체력도 부족하지만, 누군가 내게 보내오는 초대장을 열어보지도 않고 책상 서랍에 넣어두는 일은 하지 않기로 했다. 세상엔 내가 모르는 길을 아는 사람들이, 자신만의 예쁜 정원을 가꾸는 사람들이 많다. 내 생각보다 훨씬 많다.

부모와 싸우는 법

서밤

아빠와 말을 하지 않고 지낸 지 2년이 다 되어간다. 예전에는 엄마와 두 달간 말을 하지 않은 적도 있다. 나는 평생 부모와 싸우며 살아왔다. 자랑은 아니지만 내가 잘하는 분야다. 그림일기나 팟캐스트에 부모님과의 갈등을 풀어놓으면 "나도 부모님과 자주 의견이 부딪히는데 대등하게 싸울 수가 없다"고 이야기하는 사람들이 있다. 물론 부모와 싸우는 건 어렵고 불편하고 고통스럽다. 그러나 나는 이 싸움이 누구에게나 꼭 필요한 일이라 믿는다.

가장 먼저 기억해야 할 점은 부모와 자녀의 갈등은 당연하고도 자연스러운 일이라는 것이다. 싸움의 대전제는 여기서부터다. 각자 다른 생각과 믿음을 가진 대등한 인격들 사이에는 늘 갈등이 있을 수밖에 없다. 내가 엄마와 크게 싸워 두 달간 말도 걸지 않고 지냈던 이유는 엄마가 새로 사귄 내 애인을 매우 탐탁지 않게 생각했기 때문이다. "걔 신원은 확실한 거냐, 신분증 확인해봐야겠다" 같은 무례한 말도 서슴지 않았다. 한 사건(여기서는 나의 새 연애)에 대한 의견은 서로 다를 수 있다. 다만 자신의 생각을 상대에게 무례하고 폭력적인 방식으로 강요하려 할 때 갈등의 골은 깊어지기만 할 뿐이다.

부모와 싸울 때 자식의 가장 큰 약점은 죄책감이다. 아빠는 내가 아빠 번호를 스팸 차단하자 "내가 너를 어떻게 키웠는데, 나를 이렇게 대하다니 억울하다"고 했다. 아빠와 말을 하지 않고 지내지만, 어릴 때 아빠가 목말을 태워줬던 기억, 자기 전에 동화책을 읽어줬던 기억, 숙제와 준비물을 챙겨줬던 기억은 사라지지 않는다. 그러나 술에 취해 물건들을 집어던지고, 인사불성이 되어 거칠게 화를 내던 폭력적인 아빠의 기억도 사라지지 않는다. 사랑과 상처는 서로 상쇄될 수 있는 성질이 아니다. 부모와 자식은 사랑과 상처가 칡덩굴처럼 얽힌 사이다. 분명한 건 부모가 내게 가했던 언어적, 정서적, 물리적 폭력이 사랑으로 무마되지는 않는 다는 점이다. 참작될 수는 있다. 그러나 나를 키우고 돌봐 주었다는 이유로 그들의 학대와 폭력을 용서하고 이해해야 한다는 건, 단지 부모의 행동을 정당화하는 말에 지나지 않 는다.

내가 너무 매정하다고 생각할 사람도 있을 것이다. 부 모님한테 이렇게 얘기하면 부모님이 슬퍼하지 않을까, 너 무 상처받거나 나에게 실망하지 않을까 걱정이 들 수도 있 다. '부모에게 기쁨을 주는 자식'이 되지 못한 것에 대한 죄 책감은 내 마음속에도 늘 있어왔다. 그러나 생각해보면 부 모도 내가 바라는 이상적인 부모는 아니었다. '내가 퇴사하 면 부모님이 걱정하고 실망하시겠지' '지금 만나는 애인이 부모님 마음에 안 들 것 같은데'라고 걱정하는 친구들이 있 다. 그러나 타인의 삶(그 대상이 자식이라 하더라도)에 대해 마음대로 기대했다가 마음대로 실망하는 것은 성숙한 어른 의 태도가 아니다. 이래라저래라 마음대로 자식에게 요구 할 수 없다는 이야기다.

물론 부모와의 싸움은 힘들다. 감정적으로 격앙된 전화 통화 십 분만으로도 온 에너지가 다 사그라든다. 부모가 나의 약점을 쿡 찌르기라도 하면 수치심과 분노로 울음이 끅 끅 터지기도 한다. 도대체 이런 감정소모를 왜 해야 하는 지…… 피곤하니까 적당히 부모에게 맞추는 게 최선이라는 생각이 들 수도 있다. 그러나 나는 모든 분노와 싸움, 갈등 뒤에는 지키고 싶은 소중한 것이 놓여 있다고 믿는다.

내가 엄마와 가장 강렬하게 부딪쳤을 때는 엄마가 나를 '감정의 쓰레기통'으로 대한다고 느꼈을 때였다. 시누이에게, 시부모에게, 남편에게 화를 낼 수 없을 때 엄마는 자주 그 화풀이를 나에게 했다. 엄마의 아주 오래된 습관이었고 그걸 깨달은 이후로는 엄마가 자신의 분노를 나에게 쏟아낸다고 느낄 때마다 엄마에게 강하게 화를 냈다. 나는 엄마로부터 내 감정을 지키고 싶었다. 엄마와 싸우는 건 지치고 피로한 일이지만 내 감정은 아랑곳없이 정서적 폭력을 휘두르는 사람에게 단 한 대도 그냥 맞아줄 생각은 없었다.

내가 소중하게 생각하고 지키고 싶은 것을 위해 싸운다. 그리고 때로 싸움은 제일 소중한 것을 위해, 그다음으로 소중한 것을 포기하는 과정이기도 하다. 나에게는 나 자신을 지키는 게 제일 중요하다. 나를 지키면서 동시에 엄마의 힘든 마음을 다 헤아려주는 좋은 딸이 될 수는 없다. 아빠와 선을 그으며 아빠의 억지 강요에서 벗어나게 된 것은 좋다. 그러나 내가 지금 성취하는 일들에 대해 아빠에게 인정받고 싶은 마음은 포기해야 한다. 그래서 싸움은 늘 선택하고, 그 선택에 책임을 지는 과정이다.

'네가 지금 몇 살인데 부모한테 화를 내?'라는 말을 들었을 때 내 안에서 '어릴 때는 내가 힘이 없어서 참았던 것뿐이야!'라고 외치는 목소리에 귀기울여야 한다. '나의 감정은 존중받을 필요가 있어. 나는 소중해'라는 지극히 당연하지만 너무나 어려운 말을 믿어야 한다. 믿을 만한 친구나 연인, 심리상담사도 아군이 될 수 있다. 적극 활용해보자. 부모의 조롱과 빈정거림, 습관적인 폭력과 맞서 싸우기 위해서는 필요한 자원을 다 동원해야 할 것이다. 부모와 부딪치는 바로 그 면을 통해, 그 고통 속에서 나와 부모가 분리되는 것을 느낄 수 있을 것이다.

만약 이 고통스러운 싸움을 하고 있는 누군가가 있다면 있는 힘껏 응원하고 싶다. '부모님 마음에 대못 박으면 안 돼' '부모님이 널 얼마나 사랑하는데' '그래도 자식인데 네가 먼저 사과해'라는 수많은 오지랖과 죄책감 속에서 당신이 이겼으면 좋겠다. 그리고 나는 언제나 소중한 것을 지키기 위해 싸우는 당신 곁에 있을 것이다.

서밤 says,

부모랑 싸우다보면 나를 무너지게 하는 수많은 이야기들을 만날 거예
요. 네가 잘못한 거다, 그래도 네가 자식인데 부모한테 맞춰야지, 네 부
모가 그런 사람인데 너도 이상한 사람 아니겠느냐 등등…… 그래도 저
는 이 싸움에서 당신이 지지 않았으면 좋겠습니다. 〈시즌2_ 57화〉

나도 철벽이 싫어

블블

지금 와서 생각해보면 그건 확실한 신호였다. 다 지난 얘기 자꾸 들추어 무얼 하느냐고, 그거야말로 아무 근거 없는 너 혼자만의 착각 아니냐고 누군가 날 비난할지라도, 그럼에도 불구하고 그날 밤 버스정류장을 향해 달려오던 버스의 헤드라이트 불빛이 계속해서 떠오른다면.

　그날의 너는 평소에 우리가 나누던 시시껄렁한 농담 같은 것과는 전혀 다른 이야기를 내게 전하고 싶었던 것이라고, 지금에 와서야 생각한다. 때마침 노착한 버스를 타지 않았더라면 어떻게 되었을까. 평소와 뭔가 다르다는 걸 눈치챈 순간 버스에서 내려 다시 너에게 돌아갔더라면. 너의 말을 애써 돌려 다른 화제로 전환하지 않았더라면.

물론 이런 생각은 아무 의미가 없다. 지나간 일이다. 서로의 일상은 이제 닿을 수 없이 멀어졌다. 그럼에도 이 장면을 끄집어내는 데는 피치 못할 이유가 있다. 더이상 우리의 이야기가 아니고 나의 이야기이기 때문이다. 이제 너의 의미는 중요하지 않다. 과거의 인연이야 지나갔지만, 여전히 나는 같은 행동을 되풀이하고 있다.

분명 무언가 네가 평소와 다르다고 감지하면서도 아무것도 모르는 척했던 건 내가 나를 너무나 하찮게 여겨서가 아니었을까. 내 생일이 우리가 만난 이유였고, 내가 타야 할 버스를 함께 기다리며 너는 아주 오랫동안 누군가를 좋아해왔다고 말했다. 하필 그 순간 내가 타야 할 버스가 도착했고 나는 가차없이 버스에 올라타고 집으로 돌아와버렸다. 왜 나는 그게 누구인지 물어보지도 못하고, 도망치듯 버스에 올라 집으로 돌아왔을까. 그때의 나는 누군가 나를 좋아한다고는 상상도 할 수 없었다. 나에겐 그럴 자격이 없다고 여겼다.

"저는 누가 나를 좋아한다는 말을 믿지 못해요. 그건 그냥 관계를 유지하기 위한 말이지, 정말 나를 좋아할까요?"

심리상담을 시작했을 때 제일 먼저 털어놓은 이야기다.

내가 이런 말을 하면 지금의 애인은 아마 속상할 것이다. 지금의 연애 초반에도 역시 도무지 나의 어떤 점이 그의 마음에 들었는지 알 수가 없었다. 만난 지 얼마나 됐다고, 나를 얼마나 안다고 내가 좋다는 걸까. 상대방 마음의 깊이나 진정성을 매도하기 일쑤였다. 그러지 말아야지 하면서도 어느새 '날 좋아한단 네 맘이 얼마나 오래갈 수 있다는 건지 한번 지켜보자꾸나'라는 생각이 담배연기처럼 훅 하고 피어올라왔다. 안도와 의심을 쉼없이 반복하고 나서야 비로소 관계에 안정감을 느꼈다. 그러고도 한참이 지나서야 나를 좋아한단 마음을 가까스로 받아들일 수 있었다.

첫눈에 반한다는 말은 그냥 거짓말 같다. 나에게 누군가의 고백은 언제나 그 진의를 의심해야 하는 고단한 여정의 시작이었다. 때문에 불쑥, 좋은 감정을 받아들이는 일에 인색할 수밖에 없다. 그것이 애정이든, 칭찬이든, 호의든. 오래전 그날도 그랬다. 하지만 그때의 나는, 지금의 나도 그렇지만, 내가 받게 될 선물이 너무 좋아 보여서 열어보지도 못하고 외면해버렸다. 누군가 내게 보이는 호감을 믿을 수 없었다. 상대방이 내게 주는 것이 선물임을 보이는 그대로 믿겠다고 몇 번이고 다짐을 해도 아직 있는 힘껏 마음을 열기란 쉽지 않다. 진심을 잘 주고받는 일은 어렵고 두렵다.

상담 선생님과 이후로도 이에 대한 여러 가지 이야기를 나눴다. 잊고 지냈던 기억의 조각이 떠올라 엉엉 울며 상담을 마친 날이 많았다.

여덟 살 때였나. 동그랗게 둘러선 우리는 한 친구가 하는 말을 듣고 있었다. "우리 같이 놀기 싫은 사람 지목해서, 걔랑은 오늘 놀지 말자." 반에서 인기가 높은 아이였다. 어쩐지 모두 수긍했고, 하나 둘 셋을 세고 나서는 같이 놀기 싫은 사람을 가리키기로 했다. 망설이던 나는 '에라 모르겠다' 눈을 질끈 감고 아무나 가리켰는데, 눈을 떠보니 아이들은 모두 손가락으로 나를 지목하고 있었다. 대여섯 명 정도였나 싶은데, 그 아이들 모두가 나랑 놀고 싶지 않다고 했다. 나도 함께 놀고 싶다고 한마디 더 해본다거나, 왜냐고 묻지도 못한 채 집으로 돌아왔었다. 코가 엄청 매웠던 기억이 난다. 친구들이 아무도 보이지 않을 때쯤에는 두 팔로 내 몸을 감싸안고 걸었다. 이후로는, 항상 누가 나를 싫어할 수도 있겠다는 생각을 하면서 행동하게 되었다. 아니, 싫어할 거라고 먼저 상정하고 대했던 것 같다. 이런 경험은 나

를 스스로가 자랑스러울 법한 순간들에도 '내가 뭐 잘났다
고'라는 생각을 먼저 하는 사람으로 만들었다. 그 외에 내
가 나를 지키는 방법은 잘 알지 못했다. 마음에 철벽을 치
기 시작했다.

빈칸을 채우시오.

"사랑해요."
"＿＿＿＿＿＿"

여전히 나는 "네? 뭐요? 사랑이요?"라고 빈칸을 채우는
사람이다. 정말 지지리도 못났다.

마음에 철벽을 치고 내가 나를 하찮게 여기는 태도는 나
를 견디는 방법이었다. 누구에게도 폐가 되고 싶지 않았기
에 스스로를 굳이 내세우지 않고, 자랑도 하지 않고, 칭찬도
하지 않았다. 오늘 내가 당하는 부당함도 그럴 만하다 생각
하면시.

그렇게 살다보니 타인의 호의도 애정도 내게 던져진 시
한폭탄처럼 느껴져 재빨리 다른 곳으로 던져버리고 싶었

다. 내가 가장 듣고 싶은 말은 '사랑해'였는데 막상 듣고 싶은 말을 들어도 '고마워, 나도 사랑해'라고 말하지 못하고 어찌해야 할지 몰라 속만 끓였다.

얼마 전 버스를 타고 집으로 돌아가는데, 버스 맨 뒷좌석에 초등학생 예닐곱 명이 모여 앉아 소란스럽게 떠들고 있었다. "애는 모쏠이잖아." "아니야, 두 명 사귀었어." "아 맞다, 너 누구랑 누구 만났었지." 벌써 두 번이나 연애를 해봤다니 무척이나 부러웠다.

나는 너를 좋아해. 너는?
나도 네가 좋아.

나도 아이들처럼 별일 아닌 듯 자연스럽게 사랑이라는 감정을 주고받을 수 있다면 좋겠다고 생각했다. 지금 내 곁의 사람들에게 다정하고 따뜻하고 싶다. 용기 내어 그들 곁에 있고 싶다. 나는 아직 나를 포기하지 않았다. 너는 그 나이에 벌써 연애 횟수가 나랑 같네. 멋지다. 앞으로 우리 예쁜 사랑을 하자.

봄봄 says,

저는 제가 좋아하는 사람들이 자기비하하는 걸 보면 너무 안타까워요.

나한테는 너무 소중한 사람들인데.

서밤 says,

자기비하를 인식한 이후에도 나를 내버려둔다면 그건 나에 대한 방임

과 학대예요. 끊임없이 반박하고, 스스로를 때리려는 손을 막는 습관을

쌓아야 해요. 〈시즌2_ 59화〉

관계 정리도 곤도 마리에처럼

넷플릭스에서 리얼리티 쇼 〈곤도 마리에: 설레지 않으면 버려라〉를 봤다. 일본 최고의 정리 컨설턴트 곤도 마리에가 세간살이에 버거워하는 집주인들을 도와 집 정리를 돕는 내용이다. 곤도 마리에 정리 방식의 재미있는 점은 '나를 설레게 하는 물건'만 빼고는 전부 다 버리는 것. 가지고 있는 물건 하나하나 손으로 만져보고 설레지 않는 옷가지나 소품은 버린다. 이때 가차없이 버리는 게 아니라 그 물건에게 지금까지 감사했다고 인사를 하고 처분한다. 컨설팅을 의뢰했던 주인공들이 집 정리 이후 삶까지 달라졌다고 놀라워하는 걸 보며 문득 이런 생각이 들었다. 옷장 안에 쌓인 옷 대신 내 마음속을 어지럽히는 관계들도 저렇게 정리할 수 있을까?

관계를 정리하는 일은 무섭다. 나 자신이 너무 냉정하게 느껴지기도 한다. 이별이 두려워 한 번 맺은 관계는 웬만해선 끊지 않는다. 그래서인지 관계를 정리했던, 혹은 정리 당했던 경험은 대부분 쓰린 기억들로 남아 있다. 한순간이라도 마음이 통해 내밀한 감정을 나눴다고 생각한 사람과 마지막으로 나눈 대화가 기억나지 않을 때, 슬퍼진다. 둘이 주고받은 메시지의 시작은 늘 나일 때, 나누는 대화 속에 '우리'는 없다는 걸 깨달을 때, 상대의 일상에 내가 떠오르는 순간은 없다는 걸 알게 될 때, 슬픔은 분노로 변한다. 혼자 메신저 친구차단 버튼을 누르거나, 일기장에 "이제 얘랑은 진짜 끝이야"라고 쓰고 끝나는 이별은 상처와 앙금으로 남을 때가 대부분이다. '너는 지금까지 나를 소중하게 대하지 않았지. 이제 네 삶에서 나는 사라질 거야'라는 마음의 이별은 상대에 대한 징벌에 가까웠는지도 모른다. 물론 내가 사라졌다고 상대가 아쉬움을 느낄 거라는 보장은 없다. 그리고 늘 그게 나를 더 화나게 한다.

제대로 정리되지 않은 관계들은 마음에서 굴러다니며 나

를 불편하게 한다. 무신경하게 나를 상처주는 동창 A, 절대 남을 먼저 생각하는 법을 모르는 언니 B, 관계도 노력해야 이어진다는 걸 모르는 동생 C. 올해는 정리 좀 하자! 몇 번이나 다짐했지만 쉽지 않다. 십 년 전 산 옷들도 함부로 버리지 못하는데 사람은 오죽할까. 혹시라도 다시 입고 싶을까봐, 얽힌 추억이 깊어서, 그냥 버리기 아까워서 쌓아둔 옷들이 서랍 한 칸을 차지하고 있다. 나는 그 칸을 미련의 서랍이라 부른다. 친구관계를 위한 미련의 서랍도 있는 거 같다. 이 사람도 언젠가 변할 수 있으니까, 그 친구와만 통하는 게 있으니까, 함께해온 추억과 세월이 얼마인데. 누군가를 떠올렸을 때 따뜻함과 친밀감보다 서운함과 상처가 더 많이 떠오르는 관계들도 마음속 어딘가에 구겨 박아둔다. 사실 어떻게 정리해야 하는지도 모른다.

관계를 정리한다는 건 뭘까? 연락처 명단에서 삭제하기만 하면 끝인가? 모든 SNS를 차단하면 되는 걸까? 이 나이에 절교장을 보내는 것도 웃길 거 같은데. 관계를 정리할 때는 어느 분리수거함에 버려야 한단 말이냐. 그렇게 생각하면 진정한 의미에서 이별과 정리를 몇 번이나 해봤을까 싶다. 곤도 마리에는 물건을 버릴 때 '고마워'라고 말하고 버리게 한다. 지금까지 그 물건을 잘 입고, 잘 쓴 것에 대해 감사를 표하고 이별하는 것이다. '지금까지 네가 있어서 고마웠어. 잘 가'라고 했던 이별이 있었나? SNS 친구를 차단하면서 '잘 봐, 이 새끼야. 너랑 나랑 이제 끝이다! 함께해서 더러웠고 다시는 보지 말자!' 상대에게 욕설과 저주를 퍼붓고 끝냈던 일들만 떠오른다. 작별 인사를 제대로 나누지 못한 이별들만 있었다. 만약 둘만 아는 유머에 빵 터졌던 추억, 어디서도 받지 못한 위로를 받았던 고마움, 곁에 있어줘서 든든했던 시간이 고마웠다고 말하고 멀어질 수 있었다면 그건 어떤 이별로 내 마음속에 남게 될까?

관계 정리의 어려운 점 중 또하나는 누구를 어떤 기준으로 정리해야 하는지다. 대부분의 관계를 마지막의 마지막의 마지막까지 붙잡고 싶었던 이유는 너무 쉽게 포기하기 싫어서였다. 달면 삼키고 쓰면 뱉고 싶지 않았다. 어느 정도 마음에 안 드는 점이 있어도 수용하고 인내하는 게 필요하다고 생각했다. '지금은 걔가 바빠서 그렇지' '마음은 그렇지 않은데 표현이 서툴러서 그런 걸 거야' '내가 뭔가 오해하고 있는 거겠지'라며 상대를 이해하는 게 성숙한 친구의 도리라 믿었다. 그래서 지금까지는 씻을 수 없는 상처를 준 친구가 아니라면 쉽사리 버리지 않았다. 곤도 마리에는 단호하게 설레지 않으면 버리라고 한다. 어떤 물건을 버리는지가 아니라, 어떤 물건을 선택하는지에 더 집중한다. 두 손으로 들어봤을 때 두근거리는 물건만 남긴다. 친구 맺기에도 이 원칙을 적용해볼 수 있을까? 떠올렸을 때 설레거나 기분이 좋아지는 관계만을 남긴 삶을 상상해본다. 홀가분하고 자유로운 느낌이 나를 스친다. 좋아하는 옷들만 걸린 여유 있는 옷장을 떠올리는 것처럼.

무엇을 버릴지가 아니라 무엇을 남기고 싶은지 선택하다 보면 나에게 진짜 중요한 것들이 더 선명해진다.

이사할 때 수없이 많은 잡동사니를 정리해야 했다. 처음에는 버릴 물건을 봉투에 담았다. 하나하나 버릴 때마다 고민하느라 시간이 너무 오래 걸렸다. 그래서 나중에는 꼭 챙겨야 하는 물건만 박스에 모았다. 박스 안에 넣지 않은 것들은 새집으로 들고 오지 않았는데, 그중 가져오지 못해 생각나는 물건은 하나도 없었다. 정리하고 싶은 관계가 아니라 남기고 싶은 관계를 떠올려본다. 단순히 함께한 시간이 오래되었다거나, 공통분모가 있는 관계는 아닌 거 같다. 과거의 내가 아니라, 지금 내가 뭘 좋아하는지 관심 가져주는 사람이 좋다. "언제 한번 봐야지"라고 말만 하는 사람보다, "저는 목요일 저녁에 시간 괜찮아요"라고 단번에 약속 시간을 잡는 사람이 좋다. 약속 장소를 정하고, 괜찮은 음식점을 고르는 데 수고가 든다는 걸 알아주는 사람이 좋다. "덕분에 좋은 음식점 알았다"고 고마워해주는 사람을 남기고 싶다. 때로 소소한 선물이나 편지를 주고받는 것의 기쁨을 아는 사람이 좋다. '우리 사이에 그런 게 굳이 필요해?'라는 이보다, 우리 사이니까, 필요하지 않은 것들도 더 해주고 싶은 거라고, 그 마음을 이해하는 이를 곁에 두고 싶다.

버릴 때는 너무 아쉬운데, 막상 버리고 나면 후에는 놀랍도록 홀가분하다. 빈자리는 또 새로운 것들로 채워질 기회가 된다. 외로워질까봐, 그 사람이 아니면 나를 이해해줄 사람이 없을까봐, 막연한 두려움에 붙잡고 있던 관계를 정리해보려 한다. 이제는 만나야만 할 것 같은 사람들 대신 만나고 싶은 사람들과 함께하는 데 시간을 쓰고 싶다. 나를 소홀하게 대하는 상대에게 분개하는 데 더이상 감정을 쓰지 않겠다. 대신 나를 아끼는 이들을 아끼는 데 마음을 더 써야겠다. 나를 이해해주지 않는다고 서운해하고 외로워하지 말고, 서로를 이해해주는 관계를 적극적으로 찾아보겠다고 다짐한다. 친구도 옷장도 탈탈 털어 정리할 시기가 있는 거겠지. 언젠가 그렇게 정리된 친구의 빈자리가 문득 만져질 때면 '안녕, 그동안 고마웠어' 인사를 건네고 싶다. 그리고 또 새로 찾아올 친구를 설레는 마음으로 기다리고 싶다.

서밤 says,

제가 이 주제를 꺼낸 이유는 건강하지 못한 관계, 자신에게 해를 끼치는 관계에 시달리는 분들에게 관계를 지키는 것도 중요하지만 자기 자신을 지키는 것도 중요하다는 이야기를 하고 싶어서예요. 어른이 되고 나면 인간관계를 맺는 것도 어렵지만 끊는 게 사실 더 어려울 때가 많잖아요. 그럴 때 제일 먼저 생각해야 하는 건 자신의 마음이라고 말씀드리고 싶어요. 〈시즌2_ 29화〉

3부

다양한 울타리를 만들고 있어

안경을 쓴 내가 좋아

블블

여덟 살 때부터 안경을 썼다. 없는 콧대 위에서 자꾸 미끄러지던 안경을 살면서 몇 번 정도 추어올렸을까. 안경 없인 밥상 위 반찬이 무엇인지조차 구별 못하는 수준의 시력이었다. 고등학교에 입학하고 나서는 처음 렌즈를 사봤다. 두어 달 먼저 서클렌즈를 산 친구를 따라 안경원에 갔다. 적당히 저렴한 가격의 소프트렌즈를 구매하고 나와 눈꽃빙수집에 갔다. 무한리필 토스트를 생크림에 와구와구 찍어먹으며 렌즈 세척법, 눈에서 렌즈 빼내는 법 등에 대한 강의를 친구에게 들었던 기억이 난다. 이렇게 투명하고 흐물거리는 얇은 막으로 눈을 덮을 수 있다니.

경험에서 우러난 친절한 강의를 들었는데도 첫날밤엔 힘들었다. 뭐하러 렌즈를 샀을까. 다시는 끼지 않으리 몇 번이고 다짐을 하며 화장실 세면대 앞에 서서 한 시간은 애를 먹었다. 렌즈를 껴보고 나니, 뺑뺑이 안경 속 내 눈동자가 한층 더 작아 보이기 시작했다. 같은 반이던 친구 한 명은 모 회사에서 시착용으로 나눠주는 일회용 렌즈를 며칠이고 식염수에 헹궈가며 끼다가 안과에 가기도 했다. 당시 한창 유행하던 프로필 사진을 찍을 때에는 서클렌즈가 빛을 발했다. 왜인지 렌즈를 끼지 않는 일이 게을러 보이기 시작했다. 유행에 뒤처지는 느낌에 불편해도 매일 등굣길에 렌즈를 꼈다. 안경 무게가 짓눌러 콧대가 서지 못한 것만 같았다. 아무리 압축을 해도 더이상 얇아지지 않는 안경알의 두께가 원망스러웠다.

대학생이 되어서는 시험기간, 9박 10일의 농활, 파자마 파티 같은 특수한 날들에나 죄책감 없이 안경을 낄 수 있었다. 안경을 낄 때면 자연스럽게 복장도 후줄근해졌다. 대충 바람막이 점퍼를 주워 입고 청바지에 운동화를 신고 길을 나섰다. 아이라인이나 립스틱을 칠하지도 않았다. 그런 날엔 최대한 얼굴을 푹 숙이고 다녔다. 꼭 이런 날 우연히

라도 아는 사람을 많이 마주친다. 머피의 법칙이다. 안경 쓴 미인은 없다는, 어디선가 주워들은 풍문도 나를 작아지게 만들었다. 안경을 벗는다고 미인이 되는 건 아니지만. 안경은 나의 대변인이기도 했다. "나 안 꾸몄어요." 얼굴에 걸린 안경이 사람들에게 대신 말해주었다. 고개를 들면 마주치는 지하철 앞자리 사람에게. 같은 강의실 선배들에게. 은행에서, 카페에서, 동네에서. 지금 내기 무장해제 상태라는 걸 일일이 말하지 않아도 안경이 말해주었다. 바쁘구나, 아무 여력이 없구나. 그렇구나. 안경을 낀 나를 본 사람들은 내가 입을 열지 않아도 알아주었다. 그게 좀 편했던 모양이다.

"너희는 왜 렌즈 안 껴?"

같은 과 남자 동기들에게 물었을 때 그들은 같은 말만 되풀이했다.

"불편하잖아."

더이상 할말이 없었다. 정말 불편했으니까. 건조한 겨울날 실내에 들어서기만 하면 뻑뻑해지는 눈알에 열심히 인공눈물을 떨궈야 했었으니까. 예상치 못하고 터진 생리에 민첩하고 은밀하게 누군가로부터 생리대를 빌리는 것처럼, 혹시 인공눈물 있느냐며 서로 묻고 빌려주곤 했었으니까.

잘나가던 예능 프로그램의 남성 희극인들이 안경을 벗으면 더 못생겨진다며 제발 얼른 다시 안경을 써달라고 자기들끼리 아우성이길래 그런 줄 알았다. 남자들은 안경을 벗는 게 더 별로라는, 그런 말들을 들으며 정말 그런가보다 했다. 너 남자였으면 군대 면제다 야. 부러워하는 남자 동기들을 보면서 그런가보다 했다. 소프트렌즈는 안구건조증의 원인이 된다기에 하드렌즈를 끼기 시작했다. 하드렌즈는 비쌌고, 무엇보다 돌덩이가 눈에 낀 것처럼 아팠다. 아이섀도나 마스카라 가루가 눈에 들어가기라도 하면 얼굴이 눈물범벅이 되어야 괜찮아지곤 했다. 안과에서는 렌즈 낄 때는 가급적 눈화장을 하지 말라고 했다. 앞뒤가 맞지 않는 말이었다. 네? 렌즈를 왜 끼는데요?

몇 년 후, 시력교정 시술이 보편화되기 시작했다. 시력교정 시술을 받고 나면 눈을 떴을 때 방 천장 벽지의 무늬가 보인다고 했다. 그 신세계를 맛보고 싶었다. 안과 의사들은 (시술을 받지 않고) 전부 안경을 쓰고 산다는 말이 나를 두렵게 만들었지만, 눈멀 일은 없다는 무테 안경을 쓴 의사선생님의 말을 믿어보기로 했다. 수술실에 들어가 눈앞에 보이는 한 점만 멍하니 쳐다보고 있었다. 오징어 굽는 냄새가 몇 분 정도 났던 것 같다. 시술은 쉽게 끝났고 간호사가 혈청안약과 보호대 같은 사후조치를 위한 물품들이 잔뜩 담긴 리본 달린 파우치를 주었다. 다행히 눈은 멀지 않았고, 나는 나아진 시력으로 제일 먼저 파우치에 달린 리본을 보게 되었다. 리본 없는 검정색 파우치가 더 좋았는데. 아무 말 없이 그냥 받았다. 얼른 집에 가서 쉬고 싶었으니까.

시력교정 시술을 받고 나서 떠났던 네 달여의 남미 여행에선 렌즈 통, 렌즈 세척액, 렌즈 보존액, 안경 통, 안경까지 챙기지 않아도 되어서 얼마나 편했는지 모른다. 안 그래도 작은 30리터짜리 배낭에 그들을 위한 자리는 없었다. 말도 잘 통하지 않는 국경검문소에서 매번 용액을 넣었다 꺼냈다 하는 성가신 일도 없었다.

시력이 1.0을 웃도는 살맛나는 시절도 그리 길게 가진 못했다. 5년 정도 흐르자 시력은 0.1 정도로 다시 나빠졌다. 그렇다고 재수술을 받는 일은 무서웠다. "눈이 멀지 않을까요?" 다시 물어보기는 조금 많이 겸연쩍었다. 인상을 찌푸리며 간판을 읽는 일이 빈번해졌고 결국 나는 다시 안경을 끼기 시작했다. 이제 렌즈도 끼지 않는다. 매일 밤 잠들기 전 렌즈를 헹구는 부지런한 세계에서는 더이상 살 수 없다.

매번 눈을 까뒤집고 눈물을 흘리며 껴야 하는 하드렌즈도, 건조한 소프트렌즈도 더이상 끼기 싫어졌다. 일회용 렌즈를 사용하기도 해봤지만 이제는 도통 왜 그래야 하는지 이유를 찾을 수 없게 됐다. 나는 이제 매일 안경을 낀다.

지금보다 어렸던 날에는, 내 몸을 탓했다. 내 나쁜 시력만을 탓했다. '시력이 좋으면 얼마나 좋을까. 몽골 사람들처럼 3.0의 시력을 갖고 태어났다면 얼마나 편했을까.' '소개팅이잖아. 안경 끼고 나가면 이상하게 생각할 거야.' 나 역시 똑같은 시선으로 남들을 바라보았다. '왜 렌즈를 안 끼지. 안경 벗으면 훨씬 더 예쁠 텐데.'

이제 와서야 나는 왜 그때 '불편해서 안 되겠다' 하고 선뜻 렌즈를 포기할 수 없었는지 생각해본다. 무엇이 두려워서 망설였는지 누구의 눈치를 보고 있었는지 곰곰이 생각해본다. 예뻐지고 싶다는 욕망에 대해 생각해본다. 누구에게 예뻐 보이고 싶었는지. 아니라면 나 자신을 위한 것이었는지. 왜 그랬는지.

렌즈를 끼는 일이 나쁘다는 게 아니다. 안경을 끼든 렌즈를 끼든 뭐 어떤가. 본인의 자유의사 아닌가. 그러나 집 밖에 나서기 전 불현듯 '오늘은 렌즈를 껴볼까' 하는 생각이

들 때, 나는 내 자유의사만으로 안경이든 렌즈든 선택하는 걸까 의문이 드는 건 어쩔 수 없다. 이제 기분이 내키는 날엔 렌즈를 껴본다. 안경이나 렌즈나 내 마음에 달린 일이란 걸 꽤 늦게서야 알게 되었다. 있는 그대로 괜찮고 싶다. 내 외모에 대한 타인의 평가 따위 신경쓰지 않는 나이고 싶다.

편견이 그어놓은 금

서밤

'남편'이라는 말을 의식적으로 쓰지 않으려 하는 나를 발견했다. 창작자가 기혼 여성이면 덜 흥미롭게 느껴질 것 같아서다. 남편 아침밥 차려줄 것 같고, 더 보수적일 것 같고, 일과 가정의 균형을 고민할 것 같고, 경제권이 별로 없으며, 출산을 준비하고 있을 것 같고, 남편에게 의존적일 것 같고, 시부모와의 갈등을 현명하게 해결하기 위해 고민할 것 같다. 그런 이미지들이 나에게 덧씌워지는 걸 피하고 싶다. 왜냐하면 나는 그런 여자가 아니니까. ……근데 '그런 여자'라는 건 무슨 뜻이지?

고정관념은 실제와 맞지 않을 때가 더 많다. 예를 들어 우리집은 각자 아침을 차려 먹고, 가계경제는 내가 집안일은 남편이 책임지고 있으며, 출산을 생각하고 있지 않고, 가부장제에 반대해 명절에 시가에 가지 않음에도 불구하고 시부모와 별다른 갈등도 없다. 백 명의 기혼 여성이 있으면 각기 다른 백 개의 삶이 있을 것이다. 그러나 단지 기혼 여성에 대한 고정관념이 나의 삶을 납작하게 왜곡하기 때문에 기혼 여성이라는 꼬리표가 붙는 게 싫은 깃일까?

어떤 사람들은 나를 서울 사람이라 생각한다. 서울 사람이라 했을 때 연상되는 몇 가지 이미지가 있다. 그 이미지는 아마 실제의 나와 거리가 있을 것이다(실제로 나는 청소년기를 서울에서 보내지도 않았다). 어떤 사람들은 나를 금수저라 생각할 수도 있다. 만약 그렇게 생각한다면 그 사람은 나에 대해 일정 부분 착각한 것이다. 그럼에도 불구하고 나를 그렇게 생각하는 사람이 있다면, 솔직히 나는 불쾌하지 않을 것 같다. 우울증 환자와 서울 사람, 기혼 여성과 고학력 부자. 어느 쪽이든 온전히 부정할 수도, 긍정할 수도 없다. 그러나 나는 어느 한쪽에 대해서만 부정하고 싶어진다.

사람들이 나를 우울증이 있는 사람으로만 볼 때 나는 나의 유쾌함과 살아내려는 의지와 내가 성취한 것들에 대해, 그러니까 나의 '정상성'에 대해 항변하고 싶은 강한 열망을 느낀다. '나는 어둡기만 한 사람이 아니에요' '우울증이 있어도 일을 잘할 수 있어요.' '우울증이 있다 뿐이지 남들과 똑같죠'라는 말들은 편견에 맞서는 말일까, 아니면 나와 맞서게 되는 말일까? 어둡기만 한 사람은 아니지만, 우울증이 심해질 때면 어두워진다. 짜증이 많아지고 무기력해진다. 주어진 일들을 문제없이 잘해낸다. 하지만 어떤 순간에는 그러기가 힘들다. 우울증이 있어도 남들과 똑같아야 하나? 편견과 맞설 때 나는 나의 일부를 부정해야 하는 사태가 벌어진다. 나는 결혼이 주는 안정을 즐기며, 남편에게 정서적으로 깊게 의지하고 있다. 내 일을 좋아하지만 요새는 가정생활(주로 고양이를 돌보는 것)을 매우 중요하게 생각하게 되었다. 이런 내가 다른 기혼 여성과 다르다고 선을 그을 때, 나는 무엇이 되고 싶은 것일까? 편견이 그어놓은 금이 존재하는 한, 나의 일부는 그 금 안에, 일부는 밖에 존재할 수밖에 없나.

무수히 많은 금들이 내 삶을 가르는 것에 불쾌해하면서도, 나는 다른 누군가의 삶에 금을 긋는 사람이기도 하다.

우물 안 개구리로 살아온 사람답게 무지하게 많은 편견을 탑재하며 살고 있으니까. 최근에는 어린 나이에 나이가 많은 남자와 결혼한 여성이 비출산주의자이며, 가계 경제를 담당하고 있고, 페미니스트라는 것에 놀랐다(왜 놀랐을까?). 누군가의 애인 얘기를 들었을 때 당연히 이성이라 짐작했다가 무안했던 적도 있다. 표지에 젊은 금발 여성 작가 사진이 있는 경제학 서적을 보고는, 책의 신뢰도에 대해 다시 생각하는 나를 발견하고 놀랐던 적도 있다. 아마 어떤 사람을 마주하든 간에 내 마음속에서는 그 사람에 대한 세 가지 이상의 고정관념이 떠오를 것이다. 그로 인해 나는 조금씩 상대를 차별했을지도 모른다. 말을 덜 걸거나, 미묘한 눈빛이나 표정으로 어떤 선을 그었을지도 모른다. 그리고 남의 인생을 가로지르며 그었던 금은 다시 내 삶 위를 지나간다. 금 밖의 사람들을 미워하거나 깔보는 마음은 '나는 저렇게 보이면 안 되는데'라는 두려움으로 이어진다. 나는 '그런' 우울증 환자로 보이면 안 되는데, 나는 '그런' 여자, '그런' 결혼한 여자로 보이면 안 되는데.

그래서 나는 편견과 선뜻 맞설 수 없다. 나를 에워싼 고정관념 혹은 편견이 내 전부를 설명하지 못할뿐더러, 나 스스로 내 일부만을 긍정하거나 부정할 수도 없기 때문이다. 다만 나에게는 나를 설명할 시간이 필요하다. 시간이 있다면 나에게 있는 전형적인 우울증 환자 같은 모습과 전혀 우울증 환자 같지 않은 모습이 어떻게 공존하는지 설명해줄 수 있을 것이다. 기혼 여성으로 사는 게 내 삶의 일부이지만 전부는 아니라고, 요새 내가 재미있게 본 드라마나 고양이와 함께 살며 느낀 사랑에 대해 얘기해줄 수도 있을 것이다. 그러나 대부분의 우리에겐 서로의 이야기를 충분히 들어줄 마음의 여유도 시간도 없다. 어떤 사람들은 나를 '여성' '기혼' '우울증' 몇 개의 선으로 이해하고 지나칠 것이다. 내가 많은 사람들에게 그러했듯이.

그럼에도 오늘도 내 삶은 공간과 온도와 시간의 흐름에 따라 무엇 하나로 규정되지 않고 출렁이고 있다. 수많은 편견과, 그로 인해 보여지는 단편적인 면들은 그 출렁임과 함께 흔들릴 것이다. 때로는 선을 넘으며, 때로는 선을 흐리며.

서밤 says,

'실망'은 평가자의 언어죠. 저는 그 자체가 무례하다고 생각해요.

〈시즌2_ 84화〉

결혼, 입장표명 꼭 필요한가요

블블

뒤늦게 사진에 관심이 생겨서 한동안 카메라를 알아보았다. '입문용 미러리스'를 검색창에 입력해보는 것이 그 시작이었다. 그러나 검색을 하면 할수록 카메라의 세계는 넓고 복잡하다는 사실을 깨닫게 됐다. 취미로 사진을 찍는 파워블로거의 동영상을 보며 역시 렌즈 교환이 불가능한 하이엔드 카메라가 나을까 고민하다가도 이내 똑딱이 카메라를 검색하며 하루를 보낸다. 오늘은 후지 카메라를 검색하다가, 다음날은 소니와 캐논을, 그 다음날은 라이카를 검색한다. 카메라의 세계는 무궁무진했다. 알면 알수록 어떤 카메라를 골라야 할지 어려웠다. 회사별로, 또 같은 회사라고 해도·라인별로 카메라가 갖고 있는 장단점이 모두 달랐다. '아니 요새 다들 스마트폰으로 사진 찍지 않나?'라고 생각해온 나 자신이 부끄럽게 느껴질 정도였다.

며칠이나 지났을까. 카메라 사서 몇 번이나 들고 나가겠느냐며 차라리 새 스마트폰을 사라고 말하는 애인에게 "DSLR로 찍은 사진은 다르다니까!"라며 의견을 성실하게 피력하고 있는 나를 발견했다. 익숙하다? 이 느낌. 명절마다 친척들 앞에서 내 결혼관을 설명할 때의 느낌. 쳇바퀴 도는 대화를 하다 하다 에너지를 탈탈 탈곡당하는 그 느낌.

친척 A : 결혼 생각은 있느냐?

나 : 아직 없습니다.

친척 A : 그렇다면 결혼을 안 할 생각이냐?

나 : 비혼을 추구하는 건 아닌데요.

친척 A : 어쩌겠다는 거냐?

나 : ……생각해봤는데 무작정 결혼이 싫은 게 아니라 가부장제를 잇는 결혼은 하기 싫어요.

친척 A : 어쨌든 결혼은 하겠다는 게로구나. 그러면 다행이다.

나 :　　(대꾸 안 함)

　아직 결혼 생각이 없다고 하면 독신주의 혹은 비혼주의
자냐고 묻는다. 그렇다고 또 비혼을 선언할 만큼 결혼 가능
성을 닫아두고 싶은 생각도 없다. 그러면 뭐 어쩌겠다는 거
냐고 묻는데, 꼭 여자 나이 서른 정도 되면 이쪽이든 저쪽
이든 답을 정해두어야 한다고 강요하는 것 같다.

　우린 많은 것에 대해 모르고 산다. 누군가는 내가 한 번
도 본 적 없는 오래된 필름 카메라를 들고 다닌다. 그리고
그것은 아무래도 상관없다. 결혼도 마찬가지 문제 아닐까.
결혼할지 말지에 대해 누군가에게 알려주고 설명할 필요가
없다. 누군가가 기혼인지 미혼인지 비혼인지도 나와 아무
상관없는 일이다. 주변 사람들이 모두 결혼을 했다고 해서
그것 외에 다른 선택이 없는 것은 아니다. 그런데도 이 사
회는 '정상가족'을 이루지 않은/못한 이들을 보고도 못 본
척한다.

　내가 아는 세상이 이 세상의 전부가 아니라는 생각을 모
두가 갖고 살았으면 좋겠다. 내 세상에서는 아무리 당연한
일일지라도 누군가 결혼을 하지 않고 아이를 낳지 않고 살

겠다고 말할 때에는, 미처 내가 생각지 못한 다른 선택과 가능성이 있을 수도 있다. 내 눈에 보이지 않는다고 존재하지 않는 게 아니다. 모두에겐 자신의 인생에 맞는 렌즈를 선택할 권리가 있다. 나이 앞자리가 3으로 바뀌고 나서 나에게 주어지는 결혼 관련 질문은 꼭 스마트폰 카메라로만 사진을 찍으라고 하는, 답이 정해진 질문 같았다. 이 정도면 충분하니까. 요새 다들 스마트폰으로 사진 찍으니까. 너도 그냥 고성능 카메라가 달린 새 스마트폰을 사는 게 어때? 라는 질문을 계속해서 강요받는 느낌. 아니! 세상의 카메라가 얼마나 많은데요. 내가 고를 수 있는 선택의 폭이 얼마나 다양한데요.

사랑하는 사람과 함께 있고 싶다는 바람의 종착지가 결혼뿐은 아니라는 것을 이해하는 사회가 되었으면. 사랑하는 사람이 없으면 또 어떠한가. 괜찮은 척하지 말라며 맘대로 비혼주의자를 동정하는 일도 제발 이제 그만하길. 혹은 결혼을 선택했다고 해서 정상가족이라는 옵션을 마킹한 것과 동일시하지 않았으면. 결혼이라는 문제에 대해 어떤 답을 내놓든 그 답안지를 작성한 당사자보다 더 많은 고민을한 답안지는 없을 것이다. 어떤 답이든 그 답안을 공들여

이해하려는 노력도 하지 않으면서 틀렸다며 자기 식대로 작대기를 긋고 넘어가지는 않았으면. 그럼 좀더 편하게 결혼에 대해, 내가 생각한 최선의 답안에 대해 당신과도 이야기해볼 수 있을 것이다.

친척A : 어쨌든 결혼은 하겠다는 게로구나. 그러면 다행이다.

나 : '하겠다 혹은 하지 않겠다'라는 결론만을 듣기 위해 던지는 질문은 이제 사양합니다. 제가 선택한 카메라로 제 인생을 담겠습니다.

<서늘한 마음썰> 피디 봄봄의 이야기 3

다양한 울타리를 만들고 있어

갈수록 새로운 사람들을 만날 일이 줄어들고 굳이 누군가를 더 사귀고 싶다는 마음도 별로 들지 않지만 예외가 하나 있다. 〈서늘한 마음썰〉을 통해 새로 맺게 되는 인연. 한 명 한 명 소중한 마음으로 환영하게 된다.

〈서늘한 마음썰〉에 감사하게도 많은 분들이 게스트로 출연했다. 보통 3주에 한 명꼴이다. 요즘도 매번 어떤 분을 초대해야 하나 고민스러운데 팟캐스트 초창기에는 더욱 그랬다. 일단 팟캐스트의 존재를 아는 사람이 별로 없었기 때문에 지인 찬스를 활용해 게스트를 초대했다. 팟캐스트를 시작한 후 자리를 잡기 위해 처음 10회 정도까지는 게스트를 부르지 말자고 합의했다. 그후 12회에 출연한 첫 게스트는 서밤의 친구이자 당시 임상심리전문가 수련 과정에 있던 양갱님이었다. 녹음 전에 어색한 분위기를 깰 겸 레스토랑에서 다 같이 맛있는 밥을 먹었는데 서밤의 친구였기에 친근감을 느끼면서도 팟캐스트의 게스트여서 그런지 왠지 모르게 어색한 기분이 들었다. 마치 소개팅 상대와 스터디하는 것 같달까.

두번째 게스트는 블블의 지인 로로님이었다. 서밤이 초대한 게스트가 대개 정신건강 분야의 분들이었다면 블블의 게스트는 학교 다닐 때 같이 과 활동이나 학생회 활동을 하던 분들, 팟캐스트 〈영화식당〉을 같이 만들었던 분들, 같은 작업실을 쓰던 분들이었다. 인맥이 넓지 않은 나는 지인을 부른 적이 별로 없는데 그 적은 지인 가운데 한 분이 세번째 게스트로 나온 호피디님이다. 호피디님은 방송국 선배이자 팟캐스트 시작과 운영에 많은 도움을 주신 분이다. 뭐든 새로운 시도를 해보라는 호피디님의 제안과 초창기에 매주 보내줬던 애정 어린 피드백이 없었다면 팟캐스트를 시작하고 유지하기 쉽지 않았을 것이다.

시즌2에서도 지인들의 도움을 받긴 했지만 좀더 적극적으로 섭외를 시도했다는 점이 달랐다. 예전보다는 〈서늘한 마음썰〉을 아는 사람이 조금 많아지기도 했고 KBS 팟캐스트 계정에 편입되어 시즌2를 시작하면서 게스트에게도 소정의 출연료를 줄 수 있게 되었기 때문이다. 서밤과의 인연을 통해 김보통 작가님, 수신지 작가님을 초대했고 학창 시절 내가 즐겨 보았던 일러스트 에세이를 쓰신 페리테일 작가님 등을 만나면서 성공한 덕후의 기분을 맛보기도 했다.

하지만 아무래도 마음에 대해 이야기하는 프로그램의 특성상 정신건강 분야에서 활동하고 있는 분들을 많이 섭외하는 편이다. 임상심리 전문가, 상담심리 전문가, 심리부검 전문가, 정신건강의학과 전문의, 임상심리수련생 등등…… 특히 소수자 상담 분야 전문가들이 출연해 퀴어 상담 및 임상 연구자로서 겪는 어려움, 정신건강 상담 과정에서 무성애자 내담자들이 하게 되는 경험 등 성소수자 상담의 어려운 상황에 대해 들려주었다. 정신건강 분야의 게스트들과 수많은 이야기를 나누며 그 안에 내담자가 치유되기를 바라는 '단 하나의 진심'이 담겨 있다는 걸 느낄 수 있었다.

게스트를 섭외할 때 우리 셋이 고려하거나 합의한 사항들도 있다. 팟캐스트 2주년 공개방송에서 서밤이 얘기한 적 있지만 서울에 사는, 대학을 졸업한 이성애자 여성으로서 우리 셋이 나눌 수 있는 대화의 한계가 분명 많다. 우리가 미처 생각하지 못했거나 놓친 다양한 관점의 이야기를 해줄 수 있는 게스트를 초대하고 싶었다. 청취자 중에서도 동성애자, 양성애자, 무성애자를 비롯한 성소수자와 식이장애를 겪고 있는 분 등 다양한 상황에 처한 분들이 목소리를 들려주셨다. 그분들이 공통적으로 염려한 부분이 있다. 자신이 그 집단을 대표하는 것은 아니므로 그저 한 사람의 이야기로 들어줬으면 했다. 팟캐스트를 만드는 입장에서도 그 사람의 소수자성에만 초점을 맞추기보다 각자의 환경에서 가지고 있는 마음의 고민에 집중하려 했다. 이것이 내가 생각하는 〈서늘한 마음썰〉의 차별점이다.

또하나 셋이 함께 다짐한 것은 아무리 유명하거나 화제가 된 인물이라 하더라도 함께 대화를 나누기에 너무 부담스럽거나 감당하기 힘들 것 같은 분은 모시지 말자는 것이었다. 셋 다 마음을 조금이나마 편하게 가 져보자고 시작한 일인데 심리적 압박을 느끼면서까지 팟캐스트를 만들어갈 필요는 없다는 생각에서다. 무엇 보다 지상파는 물론 팟캐스트에서도 중년 남성의 목소 리를 담은 채널이 압도적으로 많으니, 적어도 우리 방 송에서만은 이삼십대 여성의 다양한 이야기를 들려주 는 일에 초점을 맞추기로 했다.

서밤, 블블과 셋이 얘기할 때가 가장 편안하지만 게스 트가 출연하는 방송에는 또다른 즐거움이 있다.
"안녕하세요, 와주셔서 감사드립니다."
"와, 세 분 목소리를 팟캐스트에서만 듣다가 육성으로 들으니 너무 신기해요."
게스트와의 첫 대화는 보통 이렇게 시작된다. 약간은 어색한 상태로 녹음실에 들어가지만 이야기하다보면 급속히 친해지는 기분이다. 때로는 학창 시절 강의를 듣거나 토론 수업을 할 때처럼 대화에 집중하다보면, 녹음이 끝난 후 얼굴이 벌겋게 달아오르기도 했다. 녹

음 전후에 가끔 게스트와 같이 밥을 먹는 경우가 있는
데 방송에서는 미처 하지 못한 이야기들을 서로 조심
스럽게 나누고 공감하면서 팟캐스트를 만들기 잘했다
는 생각을 남몰래 했던 날도 있었다.

오래전 알던 분을 게스트로 초대하면서 다시 인연을
이어간 분도 있고, 처음 게스트로 모시면서 인연을 맺
게 된 분도 있다. 시즌1에서 『딴짓매거진』 발행인으로
출연했던 게스트는 2년이 지난 지금, 이 책의 편집자
가 되었다. 시즌2 초반에 출연했던 팟캐스트 〈뇌부자
들〉 멤버들은 출연 후 책을 출간하게 되어 우리에게도
보내주었다. 우리도 언젠가 책을 낼 수 있다면 보내드
려야겠다고 생각했는데 이룰 수 있게 되어 다행이다.
블블과 팟캐스트 〈영화식당〉을 함께 만들었던 인연으
로 나온 털보님은 〈시시콜콜 시시알콜〉이라는 팟캐스
트를 하고 있는데, 거기서 게스트로 모신 팟캐스트 〈영
혼의 노숙자〉 맷님이 우리와 잘 맞을 깃 같다며 소개해
줬다. 맷님이 출연한 후 이번에는 서밤이 〈영혼의 노숙
자〉에 게스트로 나가 패널이었던 유니콘님을 다시 우
리 게스트로 데려왔다. 맷님과 유니콘님이 나온 두 회

차에 청취자들이 역대급으로 높은 반응을 보였고, 〈영혼의 노숙자〉에도 우리 청취자가 많이 유입되었다. 이를 계기로 〈영혼의 노숙자〉와 합동 공개방송까지 하게 되었다.

청취자를 게스트로 모시면서 맺게 된 인연도 무척 소중하다. 상대적으로 청취 후기가 적었던 팟캐스트 초창기 시절, 꾸준히 우리 팟캐스트에 대해 언급해주신 분이 있어서 용기 내어 출연해달라는 연락을 드렸다. 시즌2에서도 이따금씩 청취자를 게스트로 초대했다. 게스트로 나왔던 분들을 서밤이 초대해 같이 소풍도 가고 집들이도 하면서 우리와 게스트의 인연이 게스트 간 인연으로 이어졌다.

그동안 나와주신 모든 게스트들에게 감사 인사를 드린다. 출연 뒤 남겨주신 애정 어린 후기와 꾸준히 보내주신 응원이 있었기에 여기까지 왔다. 덕분에 다양한 울타리를 만들 수 있게 되었다. 앞으로 같이 그 울타리를 확장해갈 날이 기대된다.

페미니즘이 희망입니다

서밤

대학 시절 빼놓을 수 없는 고민 중 하나가 연애였다. 그러나 나는 인기 없는 여자애였다. 남자 선배들은 나더러 '드세고' '빈틈없어 보이고' '감당이 안 될 것 같은' 여자라고 평했고, 나 같은 여자는 연애시장에서 매력이 없다는 걸 알게 되었다. 좌절했다. 안 그러려고 해도 내가 자꾸 미워졌다. 울퉁불퉁한 내 피부가, 너무 건장한 어깨가, 제모하지 않은 다리가, 좀처럼 나긋하지 않은 성격이, 내가 나로 살아온 것이 미워졌다. 그리고 나를 미워하는 내가 부끄러웠다. 하지만 나만 그런 건 아니었다. 내 또래 여자 친구들은 모두 자신의 어딘가를 미워하며 어른이 되어가고 있었다. 너무 마른 몸을 싫어하기도 했고, 너무 만만해 보이는 성격을 탓하기도 했고, 화장 안 한 민낯을 보이려 하지 않거나 약속 장소에 운동화를 신고 나온 걸 부끄러워하는 친구도 있었다.

내 남사친은 나보고 너는 동기들 중 몇 번째로 예쁘다고 평가하며 손가락을 꼽았다. 또다른 한 동기는 성매매를 하러 가서 그 여성과 진솔한 대화를 나누고 왔다며, 걔네도 알고 보면 불쌍하다는 얘기를 떠들고 다녔다. 남자 교수들은 자신의 술자리에 학생들을 툭하면 불러냈고, 그 자리에 나간 남학생들은 더 좋은 학점을 받는다는 이야기가 떠돌았다. 그럴 때마다 내 기분은 썩어갔다. 그러나 이 불쾌함을 뭐라고 불러야 하는지 그때는 알지 못했다. 이런 더러운 기분에 대해 이야기하기 시작한 건 나중에 그림일기를 그리면서부터였다.

기분이 나빴다. 늦은 밤 골목에서 뒤를 흘낏흘낏 돌아봐야 하는 순간이, 지하철에서 구걸하던 남자가 내 손을 할퀴고 지나갔던 기억이, 어깨를 치고 가며 욕을 하던 할아버지가. 욕을 쏟아내고 싶었다. 사람들이 수없이 다니는 공공화장실에서 내 또래 여자가 살해당한 것에 대해. 모든 남자들을 범죄자 취급하지 말라는 글들을 보며. 내 옆의 연인이 "너는 내가 지켜줄게"라고 말했을 때는 도무지 화를 참을 수 없었다. 참을 수 없는 마음들을 그림일기에 쏟아냈다. 그러자 사람들이 물었다. "님 페미임?"

나는 페미니스트인가? 그전까지 나는 페미니스트들은 뭔가 대단한 활동을 하는 사람들이라 생각했다. 단체에서 일하거나, 일인 시위를 하거나, 시위나 모임을 조직하는 직업적인 활동가들. 페미니즘이라는 대의를 위해 자신을 희생하는 사람들만 페미니스트라 생각했다. 살아오며 페미니즘을 위해 한 것도 별로 없는 내가 감히 페미니스트로 불려도 되는 걸까? 이런 고민과는 상관없이 내가 여성의 삶에 대한 그림일기를 SNS에 올릴 때마다 많은 이들이 나를 '메갈'이라 욕하고 실망했다며 떠났다. 그러나 더 많은 이들이 나와 비슷한 자신의 고통을 공유하며 함께 화내고 울었다. 나와 전혀 다른 삶을 살고 있는 여자들도 나와 비슷한 고통을 겪고 있었다.

내가 좋아하는 여성주의 상담가 선생님께서는 말씀하셨다. "페미니스트는 되어가는 과정"이라고. 그래서 나는 나를 과정에 놓인 사람이라 생각하기로 했다. 고개를 돌려 주위를 돌아보니 그 과정을 함께 걷는 여자들이 많았다. 여자들의 목소리가 매일같이 일렁였다. 우리는 우리를 미워하는 것들에 대해, 스스로를 미워하게 만들었던 것들에 대해 격렬하게 분노하기 시작했다. 누군가는 자신의 몸무게를 SNS에 공개했고, 또 누군가는 화장하지 않은 얼굴을 올렸다. 브래지어를 하시 않은 몸에 대해 이야기하는 사람도, 엄청나게 화려한 옷을 입는 사람도 있었다. 그래도 괜찮다는 걸 조금씩 알게 되었다. 여드름 흉터가 있고 모공이 보이는 내 피부를 미워하지 말아야겠다고 마음먹었다. 나대는 여자라는 말에 상처받을 이유가 없다고 생각하게 되었다. 인터뷰 사진을 찍을 때 눈화장을 생략해보기도 했다. 섹스 중에 내 몸을 더 자유롭게 만지게 되었다. 부끄럼 없이. 너무 빤한 여자처럼 보이거나 너무 튀는 여자처럼 보일까 걱정하는 시간이 점점 줄어들었다. 팔뚝이 두꺼운 건 여전히 신경 쓰였지만, 아주 싫지도 않았다. 거울 속 내 모습은 완벽하지 않았지만 나답게 생긴 모양이었다. 나를 미워했던 시간들을 용서받고 싶었다.

어느 날 여자들이 모이는 자리에 나갔는데 아무도 화장을 하고 나오지 않은 걸 확인하고 혼자 좀 놀랐던 적이 있다. 내 안의 자기혐오를 인지하고 나니 주변 여자들이 다시 보였다. 화장을 하지 않아도 자연스러운 표정이 좋았다. 누가 뭘 입든 신경쓰지 않는 태도는 시크해 보였다. 어떻게 생겼는지보다 어떻게 살아왔는지에 대해 이야기하는 게 즐거웠다. 우리는 저마다의 방식으로 재수없다고 욕먹는 여자들이었는데, 그런 여자들이라 재미있었다. 각자의 고유한 삶의 모양을 지키기 위해 분투하는 모습을 우리는 서로 진심으로 응원했다. 어느 한 여자가 힘겹게 뗀 한 걸음이 그다음 올 여자의 지평을 넓혀준다는 걸 깨달았으니까. 우리는 함께 많이 웃었고, 아주 많이 말했고, 아무도 누군가를 미워하지 않는 시간을 보냈다.

나는 요새 절망감에 울지 않는다. 대신 희망을 품고 있는 사람들을 보며 눈물 흘린다. 나와 함께 팟캐스트를 진행하는 봄봄은 본인이 담당하는 라디오 방송에서 성차별적인 발언이 나오지 않도록 무척이나 노력한다. 아무도 모르겠지만, 덕분에 무신경한 발언들이 전파를 타는 횟수가 열 번은 줄었을 것이다. 블블의 드라마 대본에 나오는 여자들은 연애 말고도 다양한 관계를 맺으며 살아간다. 그런 드라마를 티비에서 더 많이 볼 수 있다면 얼마나 좋을까? 잡지 『66100』 발행인이자 플러스 사이즈 모델 김지양님은 비만을 혐오하는 사회에 끊임없이 목소리를 내고 있다. 단 한 명의 여성이라도 자기 몸을 덜 미워하기를 바라며. 유기농 생리대를 만드는 해피문데이 김도진 대표는 안전한 생리대를 만들기 위해 전 세계의 공장들에 제안서를 보냈다. 대표가 직접 사용해가며 만든 생리대가 이 사회에 있다는 건, 나의 몸과 여성의 생리가 존중의 대상이라는 뜻처럼 느껴진다. 온라인 사이트 회원가입시 성별 선택지에 여/남 외에도 '기타'를 선택할 수 있는 곳들도 생겨나고 있다. 종종 처음 그 제안을 했던 사람의 표정이 어땠을까 떠올려본다. 학교 창문에 포스트잇으로 'With You'를 한 글자 한 글자 붙였던 고등학생들을 떠올려본다. 누군가는 의자를 밟고 올라가 붙이고 또 누군가는 옆에서 그 포스트잇을 한 장 한 장 건네주었겠지. 오늘부터 내키지 않는 날에는 화장하지 않겠다고 거울을 보며 다짐하는 여성도 있을 것이다. 또 어딘가에서는 여성과 소수자 문제에 대해 끈질기게 쓰고 그리는 창작자가 있을 것이다. 그 덕에 나는 〈센스8〉〈사브리나〉『피프티 피플』『실격당한 자들을 위한 변론』 같은 작품들을 보며 몇 번이고 울었다.

'그래도 희망은 있어'라는 말에 실소를 터뜨리는 사람과 목이 메는 사람이 있다면 나는 후자이고 싶다. 세상의 폭력과 부조리를 예민하게 느끼는 사람들이 가장 끈질기게 붙잡고 있어야 하는 건 희망이라는 걸 알기 때문이다. 눈앞의 현실이 말도 안 되고 개같아도, 분명 조금씩 변화하는 것들을 분명하게 떠올려야 한다. 나는 명절에 가부장제를 거부하는 여성들을 위한 모임을 열었다. 성추행으로 직장을 떠났던 친구는 페미니즘 연극을 기획하고 있다. 성폭력 피해자를 조롱하는 댓글들 밑에는 '2차가해 그만두시죠'라는 목소리도 맹렬하다. 체념하지 않고 애쓰는 사람들을 끝까지 바라보고 싶다. 희망은 연약해 보이지만, 그걸 믿는 이들의 마음이 무너지지 않도록 지켜주는 강력한 힘이 있다.

　물론 세상은 아주 느리게 변할 것이다. 아무리 희망이 있다고 믿어도 어두운 골목을 걸을 때 드는 기분 나쁜 느낌도, 육아 때문에 어렵게 들어간 회사를 그만두는 내 친구의 경력단절도 내일 당장 사라지지는 않을 것이다. 앞으로도 우리는 수없이 많이 고통스러울 것이고, 소중히 지켜온 희망이 무참히 부서지는 것을 몇 번이고 경험해야 할 것이다. 그러나 어둠 속에서도 아주 자세히 보면 희미하지만 분명하게 반짝이는 것들이 있다. 얼굴 한 번 본 적 없는 여성들이 서로를 위로하는 목소리 같은 것들. 나도 그랬다고, 그렇게 힘들었다고 맞잡아주는 보이지 않는 손길들. 고통은 우리를 연결시켜줄 것이다. 그리고 그 연결을 통해 우리는 고통을 이겨낼 수 있을 것이다. 그게 지금의 내가 아는 유일한 방법이다. 나는 이런 희망에 기대 살고 싶다. 살아남아서 계속 이야기하고 싶다. 나는 지금 이 자리에서 포기하지 않고 있을 거라고, 그러니 이 목소리의 건너편에 있는 당신도 그러기를 바란다고.

우리는 연결되어 있어

요새 이상한 증상이 생겼다. 길에서 마주치는 사람들을 보면 자꾸 어디에선가 본 거 같다. 특히 내 또래의 여자들을 유심히 보게 된다. 북토크 행사나 강연, 팟캐스트 정모, 센터 워크숍에서 본 사람은 아닌가, 어딘지 낯이 익다. 실제로 식당에서, 지하철 환승역에서, 화장품 가게에서 나를 알아보는 사람과 만난 적이 있으니 나의 이런 증상이 완전한 망상은 아닐 것이다. 나는 SNS를 통해 하루에도 몇 번씩 낯선 사람들과 인사와 응원, 마음을 나눈다. 그렇게 산 지 어느덧 4년. 이런저런 내 SNS 구독자를 모두 합치면 10만 명가량, 〈서늘한 마음썰〉 누적 청취자수는 710만 명에 이른다. 길에서 무심코 스쳐 지나치는 누군가는 나의 이야기에 공감했던 사람이거나, 우리 팟캐스트의 청취자일 수도 있다.

지하철 출근길에 건너편 의자에 앉은 사람들의 얼굴을 본다. 구부정하게 앉아 스마트폰을 들여다보는, 긴장된 눈빛으로 종종 다음 정차역을 확인하는 사람들. 과연 저 사람들을 완벽한 타인이라고 생각해도 좋을까?

그림일기를 그리거나 팟캐스트를 녹음할 때 나의 예상 독자는 친구들이다. 지금은 친구가 아니더라도 언젠가 친구가 될 수 있는 사람들. 예전에는 막연히 또래 여성들을 떠올렸다. 더 구체적으로는 서울 살고, 대학을 졸업한, 소위 '정상가족'에서 나고 자란, 비장애인, 중산층의 이성애자 여자들을 떠올렸던 거 같다. 그러나 실제로 우리의 목소리는 내 생각보다 훨씬 더 다양한 일상에 흘렀다. 외국에서 노동자로 사는 분의 출근길에, 장애가 있거나 장애가 있는 분의 가족 구성원의 거실에서, 지방에 살아서 서울에서 하는 팟캐스트 정모에 오기 힘든 분의 부엌에서, 무성애자라서 우리의 연애 이야기가 공감이 되지 않는 분의 점심시간에. 월급이 천만 원인 사람, 연봉이 천만 원인 사람. 부모가 이혼해서 괴로운 사람, 부모가 이혼하지 않아서 괴로운 사람, 남지친구가 페미니스트가 아니라서 화나는 여자, 그리고 남자. 내 삶에서 막연하게만 존재했던 사람들이 각자의 고유한 이름과 말투와 역사를 가지고 내게 다가왔다.

그래서 나는 자주 부끄러워졌다. 너무 좁은 눈으로 세상을 보면서 콘텐츠를 만들어왔다. 요새는 내 목소리 건너편에 있는 사람의 삶을 함부로 상상하지 않도록 조심하고 있다. 물론 여전히 놓치는 게 많겠지만.

우리의 삶이 제각각 천차만별로 다름에도, 공유할 수 있는 마음의 조각이 있다는 게 놀랍다. 팟캐스트를 듣는 분들이 잠시나마 자신과 다른 나의 마음을 헤아려주는 걸 느낀다. 나의 눈으로 보는 세상과 자신의 그것이 얼마나 다른지 비교해볼지도 모른다. 그래서 나도 길을 걷다 문득 그들의 눈으로 세상을 바라보게 된다. 엘리베이터가 설치되어 있지 않은 공공기관의 계단을 걸어올라갈 때면, 휠체어를 사용한다는 청취자의 마음이 떠오른다. 친구들에게 청첩장을 받을 때면, 법적으로 결혼할 수 없어 화가 난다는 청취자의 이야기가 생각난다. 우연히 재미있는 강좌를 찾았을 때, 그 장소가 당연하게도 서울일 때, 이런 강연 한 번 듣기 위해 지방에 사는 이가 지불해야 할 교통비를 셈해본다. 카페에서 아이가 자지러지듯 우는 소리가 들리면 아이를 안고 있는 그 엄마의 표정을 본다. 어떤 마음일지 짐작해보려 한다. 하지만 그 마음이 어떨지 나는 잘 모른다. 모른다는 걸 기억하려 한다. 그리고 그 마음이 어떤 것이든 나와 무관하지 않다는 것도 기억하려 한다.

정신건강 분야에서 일하다보면 우리의 마음이 그물처럼 연결되어 있다고 느낄 때가 많다. 한쪽 끝을 잡아당기면 분명히 딸려 올라가는 다른 쪽 끝이 생긴다. 누군가 욕심부리며 노동법을 지키지 않으면, 번아웃으로 무기력을 호소하는 내담자가 생긴다. 끝없는 야근으로 인해 약속된 날짜에 상담을 받으러 오지 못하는 내담자가 생긴다. 공공건물에 경사로가 제대로 마련되어 있지 않으면 그것 때문에 학교를 그만두고, 다시 진로를 고민하기 위해 상담받는 사람이 생긴다. 혐오 발언을 제지하지 않는 문화 속에서는 그로 인한 분노를 조절하지 못해 힘들다고 호소하는 내담자가 생긴다. 피로한 사회에서 사람들은 서로를 조금씩 더 함부로 대한다. 그 무례함은 돌고 돌아 다시 누구에게로든지 돌아간다. 끔찍한 사건으로 온 사회가 술렁일 때면 불안이 스멀스멀 퍼져나간다. 그 사건과 직접 상관이 없는데도 상담 신청자가 늘어난다. 성폭력 피해자를 2차가해 하는 곳에서는 그로 인해 자살하는 사람이 생기고, 가족과 친구를 자살로 잃은 수많은 자살 생존자들이 생겨난다. 그리고 나는 이따금 그런 사연들을 SNS 댓글이나 쪽지로 받는다. 우리의 마음은 마치 큰 어항에 담겨 있는 거 같다. 누군가 흘린 피는 다시 다른 누군가의 입으로 흘러들어간다.

그렇게, 크든 작든 우리의 말과 행동들은 서로에게 영향을 준다. 좋은 것들도 마찬가지다. 예를 들면 뮤지션 오지은 님이 팟캐스트 〈익숙한 새벽 세 시〉에서 나눠준 다정하고 시시콜콜한 마음은 〈서늘한 마음썰〉의 영감이 되었다. 어쩌다 직접 만날 일이 있을 때 선물을 주시는 구독자들 덕분에 나도 내가 좋아하는 창작자를 만날 때 선물을 사게 되었다. 주는 기쁨을 배우게 되었다. 손편지를 보내주시거나, 직접 찍은 사진이나 그림, 좋아하는 음악이나 시의 일부를 나눠주시는 분들 덕에 나는 더 좋은 사람으로 성장하고 있다. 수많은 사람들이 공유해준 삶의 편린들로 내 삶의 상상력은 점점 넓어지고 있다. 나는 이전보다 더 많이 기부하거나 후원하게 되었고(일단 돈이라도), 더 자주 민원을 넣게 되었다. 누군가에게 좋은 동료시민이 될 수 있도록, 덜 유해한 사람이 되도록 노력하게 된다. 때로 우리가 서로를 통해 이런 생각들을 확인하고 있는 것 같기도 하다. 좋은 사람이 되려는 노력이 바보 같은 게 아니라고, 타인을 생각하는 마음을 나누는 것이 순진해 빠져서가 아니라고. 이렇게 서로 얼굴도 잘 모르는 사람들이 마음 어딘가를 읽어가며 살아가고 있다.

머리도 다 말리지 못한 채 출근하는 지하철 건너편 여자는 오늘 어떤 하루를 보낼까? 부디 어떤 무례도, 혐오도, 폭력도 겪지 않는 하루가 되기를 짧게 기원해본다. 지금 이 글을 읽는 당신의 얼굴도 떠올려본다. 당신이 어떤 얼굴이든, 어떤 사람이든 될 수 있다는 걸 기억하려 한다. 우리는 어디선가 마주쳤을지도, 혹은 언젠가 마주치게 될지도 모른다. 우리가 언젠가 만날 날까지 서로 잘 대해주자고 약속하면 좋겠다.

무해한 사람은 없다

팟캐스트 <서늘한 마음썰> 청취자들의 위로와 공감, 응원 하나하나가 다 마음에 남지만 유독 잊기 어려운 건 바로 청취자들의 날 선 비판이다. 친구를 만나러 기분좋게 가는 길에 무심코 확인한 SNS에서 <서늘한 마음썰>에 대한 비판글을 보고 벌렁거리는 심장을 하루가 다 지나도록 진정시키지 못한 적도 있다. 비판이 두려워서 아무것도 못 만드는 일은 없어야 하다고 경계해왔으면서도, 막상 비판을 받게 되면 모든 것을 내려놓고 싶어진다. 힘들어도 청취자의 응원으로 버티곤 했는데, 그것마저 잃어버린 것처럼 여겨진다.

지방에서 살다가 서울로 올라와서 프리랜서로 활동중인 작가를 게스트로 모시고 팟캐스트 녹음을 한 적이 있다. 대부분의 시간을 수도권에서 보냈던 팟캐스트 멤버들과 달리 20년 동안 다른 지역에서 살았던 분이기에 다양한 관점에서 이야기를 나눌 수 있을 것 같아 초대한 자리였다. 서울에 올라와서 무엇을 느꼈는지, 살던 곳과 서울은 어떤 차이가 있는지, 서울에서 프리랜서로 일하면서 힘든 점 등을 같이 이야기했다. 편집할 때 다시 들으며 현재 지방에 사는 분들이 불쾌해할 만한 부분이 있지 않을까 잠시 염려했지만, 별 문제 없을 거라 생각하며 약간의 편집만을 거친 채 업로드했다.

방송 이후 청취자들의 비판이 이어졌다. '서울만을 중심으로 놓고 지역이 지닌 특색을 '신기하다'라고 평하는 게 기분 나빴다' '지방에 사는 사람들이 서울에 대해 아무것도 모른다는 듯이 이야기한 부분을 들으며 너무 섭섭했다'.

우리의 발언으로 불쾌함을 느꼈다는 청취자들의 피드

백을 보며 깊이 반성했다. 저마다의 특색을 지닌 다양한 지역이 있는데도, 서울 외 다른 지역을 '지방'으로 통칭하며 이분법적으로만 바라보려 했던 우리의 시각이 한없이 얕았다는 걸 깨달았다. 이후 한 편 한 편을 더욱 신중히 제작하려 노력했다. 결혼을 주제로 한 팟캐스트 녹음 후에는 이성애자 여성 셋이서 하는 결혼 이야기가 불편하게 느껴지지는 않는지 업로드 전에 성소수자인 친구에게 의견을 묻기도 했다. 물론 그럼에도 분명 허점은 있을 것이다.

녹음 이후 편집하는 과정에도 고민은 계속되었다. 다 같이 웃고 떠들 때는 별생각 없이 지나갔는데, 편집하려고 다시 듣다보면 갸우뚱하게 되는 경우가 종종 있었다. 경솔한 발언이라고 확실하게 판단이 드는 부분들은 가감없이 들어냈지만 그래야 하나 말아야 하나 애매한 경우도 많았다. 별로 문제될 만한 발언이 아닌데 내가 너무 확대해석하는 것인가 고민이 들 때는 써밤, 블블과 주변 지인들에게도 의견을 구했다.

사실 팟캐스트를 시작하게 된 여러 가지 이유 중에는 찜찜하지 않은 청정한 콘텐츠를 만들고 싶다는 의지도 있었다. 하지만 4년 동안 팟캐스트를 만들어오며 그게 얼마나 안이한 생각이었는지 깨닫고 있다. 지상파 라디오 프로그램에서 가끔 진행자나 게스트가 성에 대한 고정관념이 투영된 발언을 하거나 부적절한 발언을 할 때가 있다. 그럴 때면 머릿속이 복잡해진다. 혹시나 이 말을 듣고 누군가 불쾌해하진 않을까, 진행자나 게스트의 기분을 상하지 않게 하면서도 앞으로는 신중히 발언해달라고 하려면 어떻게 이야기를 꺼내야 하지, 선배에게 조언을 구해볼까, 그냥 나 혼자만 불편한 건 아닐까, 큰 그림을 보지 못하는 꽉 막힌 사람처럼 보이지는 않을까……

마음이 통하는 친구들과 직접 팟캐스트를 만든다면 이런 걱정을 할 필요가 없을 줄 알았다. 무해한 팟캐스트를 만들고 싶었고 어느 정도는 이루어나가고 있다고 생각했는데, 나는 언제나 민감하게 촉수를 세우고 있고 그 촉수가 모두에게 가닿고 있을 거라 생각한 것 또한 오만이었다. 세상에 무해한 존재란 없으며 누구나 쉽게 다른 사람에게 상처를 입힐 수 있다는 것을 절감했다.

하지만 잘못을 했다면, 남은 건 반성하고 비슷한 일을 반복하지 않도록 노력하는 일뿐이다. 며칠째 잠을 설치며 한참 힘들어하고 있을 때, 한 청취자가 〈서늘한 마음썰〉에서 우리가 한 말을 올려놓은 SNS 게시물을 보았다.

나도 그런 실수를 해. 하지만 나도 나를 용서했어. 너도 그런 실수를 했다면, 괜찮아. 나도 괜찮았어.

너무 힘들어하지 말라고 남긴 듯한 그 글을 보고서야 그동안 팟캐스트에서 우리가 해왔던 많은 말들이 떠올랐다. '탓하지 말고 안아주자. 누구나 실수할 수 있고, 나는 완벽한 사람이 아니다. 한번 넘어졌다고 해서 인생 전체가 망하지는 않는다. 혹여 그렇더라도 나를 지지해주는 사람들이 옆에 있으면 다시 일어설 수 있다. 자책보다는 앞으로 나아가려는 노력을 하자.' 그런데 정작 나 스스로에게는 아무 말도 해주지 못했던 것이다. 이제껏 이루어온 일들이 다 무너져버린 것만 같았는데, 잘게 조각나버린 마음들을 주워담아 다시 붙여보고 꼭꼭 눌러도 볼 마음이 이제 조금은 생겼다. 무해한 사람은 어디에도 없다. 다만 무해한 사람이 되려 부단히 노력할 뿐.

위로하는 존재들

계속되는 방송국 피디 공채 낙방에 좌절하다 방송작가 직무에 지원한 적이 있다. 공채 면접과는 다른 편안한 분위기 속에서 프로그램의 피디, 작가님들과 면접을 보았다. 그동안 무엇을 준비해왔냐는 질문에 나는 피디 준비를 해왔다고 솔직하게 이야기하게 되었고, 자연히 버리지 못한 미련이 내 속에서 흘러나와버렸다. 면접 마지막엔 지원한 일이 나에게 맞는지 다시 생각해보라는 답변을 들었다. 면접장을 나오며 합격 통보는 못 받겠구나 생각했다. 다른 일을 하고 싶었던 지원자라니.

이틀 뒤, 피디님으로부터 연락이 왔다. 물론 합격은 아니었다. 통보 메일 맨 밑에는 한번 만나면 좋겠다는 메시지가 덧붙여져 있었다. 무슨 일일까. 덜컥 겁이 나기도 했지만, 나는 그때 어른이 필요했다. 내 상황을 내가 내뱉는 말 그대로 이해해주는, 조금이라도 시야를 넓힐 수 있는 말을 해줄, 인생의 경험치가 쌓인 사람의 조언이.

어느 평일 오전, 교보문고에서 만난 피디님은 내게 커피 한잔을 사주셨다. 태어나 두번째 만나는 사람 앞에서 나는 내 이야기를 하다가 울어버렸다. 세상이 나를 알아봐주지 않는 답답함, 앞으로 어찌해야 할지 모르겠는 막막함, 어디다 쏟아버려야 할지 모르겠던 절망감과 울분 때문에 커피는 차갑게 식은 지 오래였다. 몇 모금 마시지도 못했는데, 여러 가지 감정이 뒤섞이는 바람에 눈물이 쏟아져나왔다. 내 얘기를 들어주시던 그분은 자신이 어떻게 피디가 되었는지 이야기해주셨다. 아직 피디에 대한 꿈을 버린 게 아니라면 더 도전해보라고도 말씀해주셨다. 그리고 돌아가시면서는 허연 시인의 『오십 미터』라는 시집을 선물로 주셨다.

내가 뭐라고.

그뒤로는 피디님과 한 번도 연락해본 적이 없다. 그러나 여전히 내 책장에는 시집이 꽂혀 있다. 나중에 피디가 되면 꼭 다시 찾아가서 감사하다는 말을 전해야지 마음먹었었지만 인생은 그렇게 흘러가지 않았다. 다시 만나게 될 일은 없겠지만, 아무 이유 없이 받았던 그날의 호의는 내 책장에 시집으로 자리잡아 흔적을 남겼다.

　그날 이후로, 책장에 꽂힌 그 시집을 볼 때마다 나는 세상에 존재하는 이유 없는 호의들에 대해 생각한다. 내가 뭐라고. 그럴 리 없어. 분명 잘해주는 데는 이유가 있을 거라고, 받고 싶던 관심과 애정에 굶주리다 못해 아예 마음에 철벽을 친 나 같은 사람이 스스로 마음의 빗장을 열도록 만드는, 다정하고 따뜻한 사람들.
　도움을 받는 순간에는 당황해서 어찌해야 할지 몰라 제대로 고맙단 말도 전하지 못하고 어물쩍 넘어가버리게 되지만, 아무리 시간이 오래 흐른 뒤라도 그 따스함은 몇 번이고 반복해서 그려낼 수 있다. 그런 기억들은 평생 마음을 감싼 비닐랩이 된다. 힘들어도 마음을 내팽개치지 않게 된다. 내팽개치더라도 금세 다시 줍게 한다. 잠깐 떨어져 있던 사이 묻은 흙 알갱이를 툭툭 털어내게 한다. 지금 당장은 무른 마음을 손에 쥔 채 어쩔 줄 몰라 가지런히 정리할 수는 없더라도, 일단은 더 더럽히거나 어지럽히지 않게 해준다.

일 년 전, '꿈이랑 이별하는 법' 편 녹음을 마치고 나는 겁에 질려 있었다. 누가 이런 내 마음을 궁금해하기는 할까. 실패한 사람의 자기변명이라 손가락질 받진 않을까. 얘는 왜 자꾸 방송에 나와서 징징거리는 거야. 함께 녹음하는 친구들에게 폐를 끼칠 것 같았다. 내가 나 스스로에게 던지던 비난들 때문에 마음속에 쌓아놓고 쏟아내지 못하던 이야기를 공개적으로 한다는 건 쉬운 일이 아니었다. 그럼에도 정리하고 선언하지 않으면, 앞으로 나아갈 수 없을 것 같았다. 후들거렸지만, 서밤과 봄봄에게 하는 이야기라고 생각하고 마음을 다잡았다.

업로드 후, 그 어떤 회차보다 더 많은 피드백을 받았다. 청취자들이 보내준 메시지를 읽고 후기들을 검색해 찾아보면서 나는 이런 어려움을 나 혼자 겪고 있는 게 아니라는 걸 알게 되었다. 그 사실만으로 큰 위로를 받았다. 혼자가 아니구나. 세상 어딘가에는 나와 비슷한 어려움을 겪고 있는 사람들이 있구나. 내가 그들에게 작게나마 위로가 되었듯, 그들도 나에게 위로가 되어주었다. 내가 뭐라고, 이렇게까지 다정한 응원의 말들을 보내주는 걸까. 질문이 틀렸다.

내가 무엇이든 무엇이 아니든, 우리는 서로를 위로하는 존재들이었다.

아마 그때 그 피디님도, 당신의 지난날이 떠올랐던 게 아닐까. 자신이 겪었던 것과 비슷한 상황을 겪고 있는 나를 차마 외면하지 못했던 건 아닐까. 그건 합격이고 뭐고 솔직하게 내 마음을 토로했기에 가능했던 일 아닐까.

이후로는, 솔직하게 이야기하는 것이 누군가를 위로하는 방법이라는 걸 알게 되었다. 마음속의 두려움을 거짓 없이 이야기할 때, 내 이야기를 들어주는 이도 자신의 마음을 들여다보게 된다. 내가 누군가에게 내보이기 싫은 어두운 마음들을 풀어낼 때, 누군가도 위로를 받는다. 자신도 같은 생각을 했었다는 청취 후기를 읽을 때면 나는 더이상 외롭지 않다. 서로 이야기를 나누며 위로를 주고받을 수 있다는 사실에 또다시 위로를 받는다. 침대 위에 무기력하게 누워 있다가도, 몸을 일으켜 샤워타월과 갈아입을 옷가지를 챙겨 화장실로 들어간다. 안 될 거야, 자조 속에 빠져 있다가도 관자놀이를 꾹꾹 눌러본다. 지금 할 수 있는 일을 계속해서 찾아나간다. 무엇이 되지 못한다 할지라도 조금은 괜찮다. 내가 뭐라고, 내가 뭐여서, 내 이야기를 들어주는 건 아니니까.

이후에 녹음했던 '꾸준히 꾸준하고 싶어' '위축된 마음 기지개 펴기' 같은 에피소드들은 청취자들이 내게 준 용기로 더 솔직하게 녹음했던 회차들이다. 서로 손을 잡아줄 수도 안아줄 수도 없지만 나는 청취자들의 존재를 또렷하게 느낄 수 있게 되었다.

〈서늘한 마음썰〉을 만들며 이유 없는 호의들을 많이 받는다. 나 혼자였다면 해볼 수 없었던 멋진 경험을 한다. 이름만 들어도 설레는 창작자, 전문가를 만나 대화할 수 있었다. 앞에 나서서 하고 싶은 이야기를 할 수 있었다. 세상에 내 목소리를 낼 수 있는 기회를 갖게 됐다. 나도 받은 만큼 갚고 싶다. 이유 없는 호의를 베풀며 살고 싶다. 언젠가 내가 받은 만큼 누군가에게 돌려줄 수 있다면 그건 전부 지금의 내 이야기를 들어준, 서밤과 봄봄, 그리고 청취자 여러분 덕분이다. 정말로 감사하다.

정말로 고맙습니다. 당신이 거기 있다는 걸 알려주어서.

2019년 6월

친구들을 대신하여, 블블 씀.

서밤, 블블, 봄봄에게

머릿속의 나와 현실의 내가 너무 달라서 불안할 때, 어둡고 적막한 내 방이 문득 무섭고 외롭다고 느껴질 때, 언제나 곁에서 절 다독여주어서 고맙습니다. 말로는 설명할 수 없는 작고 예리한 가시들로 나조차 내가 아픈 줄 모르고 있을 때, 그 가시들을 뽑아주고 상처를 어루만져줘서 정말 감사합니다.

_김지은(rlawld****18@naver.com)

그들은 나를 모르지만 내내 함께 성장해왔다고 느끼는 사람들이 여기 있다. 일주일에 한 번씩 소소하고 시시하다는 가벼운 단어로, 사실은 무거웠을 혹은 버거웠을 자기만의 이야기를 털어놓는 목소리들을 만난다. 덕분에 모른 체한 지 오래인 내 마음이 사실은 아주 중요하단 걸 새삼 발견하곤 한다. 점차 말에 힘이 차오르고 감정의 색이 선명해지는 서밤, 봄봄, 블블의 이야기를 들으며 나도 내밀한 이야기들을 마음속으로나마 전한다. 본 적 없지만 우리는 자주 만났다. 목소리를 넘어서는 교감을 통해 다채로워지는 우리의 세계, 깊고 넓어지는 그 시간과 과정이 여기에 담겼다. _솔리아(sol****@gmail.com)

존재하는지조차 몰랐던 내 마음의 스위치를 딸각 눌러준 세 명의 목소리. 여름밤, 덥지 않은 이불이 필요하다면 〈서늘한 마음썰〉을 들어보자. 소리 없이 그러나 강하게 지휘하는 봄봄, 은은하게 조명을 비춰주는 블블, 그리고 마이크를 꽉 쥐고 있는 서밤이 든든하다. _최여운(cy****@naver.com)

수많은 밤, 나를 안아주던 마음의 이야기들. 서툴지만 사랑스러운 그들의 이야기를 따라가다보면 메말라가던 마음이 어느덧 물기를 되찾는다. _김재은(kj****1@naver.com)

무언가를 기억할 때 그 형태는 선, 수리, 색감, 풍경, 촉감 등으로 다양하게 남는다. 〈서늘한 마음썰〉은 단 하나의 사연이나 감정으로 소개할 수 없다. 백여 개의 이야기는 그만큼의 굴곡을 품고 있으니까. 다만, 언제나 '가닿다'는 동사만이 꾸준하게 마음을 관통한다. 그렇게 기억된다.

_야기(zen****0@gmail.com)

영국은 아침저녁으로 조깅하는 사람들이 참 많습니다. 좋아하는 음악이 흘러나오는 이어폰을 꽂고 달리는 사람들 사이에서 저는 〈서늘한 마음썰〉을 들으며 동네를 뜁니다. 흘러나오는 대화에 집중하다보면 어느새 5킬로미터를 훌쩍 달린 저를 발견할 수 있습니다. 재밌는 이야기가 나오면 저도 모르게 미소를 지으며 달리는데 그럴 때마다 반대편에서 달리던 사람도 웃으며 "헬로" 하고 인사해주더라고요. 저에게 〈서늘한 마음썰〉은 그런 것입니다. _김영진(kim.young*******@gmail.com)

그저 무형으로 존재하는 줄 알았던 내 마음이 말랑말랑하게 만져지는 시간들이었어요. 고요히 묵묵히 들어주며 때로는 자신의 생각과 느낌을 털어놓는 여리고 단단한 봄봄, 섬세하고 생생하게 감정을 그려내어 공감을 일으키는 블블, 시원하게 소신을 이야기하며 스스로 변화하고 성장하는 서밤 덕분입니다. 일상 속 지친 마음을 방치하지 않고 꺼내보고 대화하는 방법을 배웠습니다. _레터리(gone****@naver.com)

〈서늘한 마음썰〉을 들으며 나는 서밤이 되었다가, 블블이 되었다가, 봄봄이 되었다가를 반복한다. 나와 비슷한 그들에게 공감했고 위로받았으며 같이 분노하거나 응원했다. 〈서늘한 마음씰〉을 들으며 나의 상처를 돌아보게 됐고, 현재의 나를 바라보게 됐으며, 지금 이대로도 괜찮다고 스스로 말할 수 있게 되었다. _이유진(jinn****@naver.com)

퇴사 후 불안과 우울, 그리고 몇 개의 알약을 달고 살 때였다. 동생이 추천한 팟캐스트를 들었다. 사무실이 된 집 안엔 블블, 봄봄, 서밤의 목소리가 퍼져나갔다. 돌아보니 3년 전엔 없던 모습이 생겨난 것 같다. 적당히 거절하는 법, 어렵더라도 누군가에게 부탁하는 법을 알아가고 있다. 내 마음에도 근육이 생긴 걸까? 감정을 알아차리고 대처하는 연습을, 오래 함께할 수 있었으면 좋겠다. _이미정(bisco****@naver.com)

어릴 때는 마음이 심장이나 위장처럼 근육으로 만들어진 장기인 줄 알았다. 〈서늘한 마음씰〉을 들으면, 그 생각이 다정한 오해였다고 말하듯 마음이 가슴에서 팔딱팔딱 뛰고 있는 것이 느껴진다. _전혜린(niq****@naver.com)

누가 봐도 잔잔한 내 일상을 남몰래 세차게 뒤흔드는 고민에 맞닥뜨릴 때면 〈서늘한 마음씰〉 목차를 뒤적거리곤 했다.

10년 남짓 꾸어온 꿈을 포기했을 때, 우울과 무기력에 대해 한없이 고민할 때, 가까운 친구와 마음속 깊은 이야기를 하며 위로받는 기분을 〈서늘한 마음썰〉을 들으면서도 느낄 수 있었기 때문이다. 청취자에게 자신들의 내밀한 이야기를 공유해준 서밤, 봄봄, 블블의 솔직함의 힘이라 생각된다. 나의 소소한 고민도 시시하지 않은 이야기로 받아들이게 해준 〈서늘한 마음썰〉에 깊은 애정을 느낀다.

_황서현(hwangzz****@naver.com)

마음의 구석
소소하지만 시시하지 않은 이야기

1판 1쇄 2019년 6월 19일 | 1판 3쇄 2024년 4월 19일

지은이 서밤·블블·봄봄

기획·책임편집 황은주 | 편집 박영신 | 디자인 엄자영
저작권 박지영 형소진 최은진 서연주 오서영
마케팅 정민호 서지화 한민아 이민경 안남영 왕지경 정경주 김수인 김혜원 김하연 김예진
브랜딩 함유지 함근아 고보미 박민재 김희숙 박다솔 조다현 정승민 배진성
제작 강신은 김동욱 이순호 | 제작처 영신사

펴낸곳 (주)문학동네 | 펴낸이 김소영
출판등록 1993년 10월 22일 제2003-000045호
주소 10881 경기도 파주시 회동길 210
전자우편 editor@munhak.com | 대표전화 031)955-8888 | 팩스 031)955-8855
문의전화 031)955-3579(마케팅), 031)955-8868(편집)
문학동네카페 http://cafe.naver.com/mhdn
인스타그램 @munhakdongne | 트위터 @munhakdongne
북클럽문학동네 http://bookclubmunhak.com

ISBN 978-89-546-5673-3 03810

www.munhak.com